Dagmar Meyer

Immer kommt der Tag ganz plötzlich

oder

der blaue Elefant

Roman

Impressum

Text: Dagmar Meyer
Gestaltung: Martin Meyer

Copyright: Dagmar Meyer 2021

ISBN 978-3-347-23425-3 (Paperback)
ISBN 978-3-347-23426-0 (Hardcover)
ISBN 978-3-347-23427-7 (e-Book)

Verlag: tredition GmbH, Halenreie 40-44, 22359 Hamburg

Im Tal der Tränen.
Der Tod ist unausweichlich.
Ich weiß – und leide.

1 Januar

Das kannst du mir glauben. Es war das bitterste Jahr meines Lebens.

Es fing damit an, dass ich am letzten Tag des abgelaufenen Jahres allein an meinem Fenster stand und das Feuerwerk über der Stadt beobachtete.

Silvester allein, das gab es noch nie.

Silvester hieß Smoking und Ballkleid, ein festlich glänzender Saal, hieß heiße Musik und Tanz – Tanz, bis die Füße brannten und die Musiker irgendwann ihre Instrumente einpackten, bis der Tanzboden vor lauter Konfetti und Papierschlangen nicht mehr zu sehen war und die ersten Putzgeschwader anrückten. Erinnerst Du Dich an den verloren gegangenen, sehr wertvollen Manschettenknopf, der auf dem überfüllten Tanzparkett verloren gegangen war?

Am ersten Tag des neuen Jahres fanden wir das kostbare Schmuckstück in einem Staubsaugerbeutel wieder. Wir hatten uns die Beutel vom überraschten Hotelpersonal mit nach Hause geben lassen, wo ich sie akribisch mit zwei Gabeln durchsucht – und den verlorenen Schatz tatsächlich gefunden habe.
Damals fing das neue Jahr so gut an.

Nein, Silvester allein war ich nie. Doch jetzt schaute ich einsam und traurig in das neue Jahr, fühlte mich wie ein leckgeschlagenes Schiff mit gebrochenem Ruder.

Knallbunte Sterne explodierten am Himmel, Sirenengeheul, Pfeifen und Knallen, glückliche Menschen, die in den Himmel starrten, als würde es Goldtaler regnen. Raketen in allen Farben schossen in den Himmel und setzten Sterne frei, die sich bald in der qualmgeschwängerten Luft auflösten.

Ich stand ganz still und schaute von meinem Logenplatz mit tränennassen Augen auf die erleuchtete Stadt, nicht ahnend, was dieses Jahr von mir fordern würde, nicht wissend, wie ich den kommenden Tagen und Wochen entgegentreten sollte, allein. Leer war mein Kopf von klaren Gedanken, von chaotischen Gefühlen gehetzt das Herz. Nur Tränen gab es überreichlich. Das kannst du verstehen, oder?

Denn es war doch so: Die Veränderungen in meinem Leben würden radikal sein, nichts würde bleiben, wie es war, eine brutale, weil von außen erzwungene Rundumerneuerung meines Daseins. Und die sollte nicht in einem Beautytempel stattfinden, sondern mitten im Alltagsleben, dieser banalen Maschinerie, die in keiner Weise stehenblieb, schon gar nicht meinetwegen.

Dabei fand ich mich unversehens in einer Situation wieder, die für mich in diesem Ausmaß nie und nimmer vorhersehbar gewesen war. Nach einem halben Jahr habe ich mich gefragt, wie ich alles überhaupt bewältigt habe: Unsere gemeinsame Wohnung auflösen, die Renovierungen in der neuen in Auftrag geben, brauchbare Dinge und Kleidung verschenken, anderes entsorgen, empfindliche Gegenstände selbst vorab in den neuen Keller bringen, und und und ... Der Aufgabenkatalog wurde zunächst immer länger, erst nach Monaten fing er an zu schrumpfen.

Es war Schwerstarbeit.

Im Nachhinein denke ich, dass es gut so war. Oft fiel ich abends todmüde ins Bett, wenn der Tag geschafft war, und schlief erschöpft ein. Um irgendwann mitten in der Nacht aufzuwachen, dich zu vermissen, Probleme zu wälzen, dich zu vermissen, anstehende Arbeiten im Kopf zu sortieren, dich zu vermissen, erschöpft auf nassem Kissen in schweren Schlaf zu sinken.

Was habe ich gegessen und getrunken in den ersten Wochen, habe ich überhaupt gekocht? Ich weiß es nicht. Du warst nicht mehr da, um diskret auf deinen knurrenden Magen hinzuweisen und Wünsche nach deinen Lieblingsgerichten zu äußern, was du oft getan hast. Ich habe sie dir meistens gern erfüllt. Aber für mich allein ein Essen zubereiten? Nein, ich nehme, was im Kühlschrank ist oder in der Obstschale liegt. Essen macht keine Freude, es ist mir gleichgültig. Erst sehr viel später werde ich anfangen, gezielt und gesund einzukaufen und Gerichte zu kochen. Für mich allein.

Und dann diese Zumutungen.
„Die Küche kommt raus", sagt der Vermieter, nachdem er meine Kündigung erhalten hat. Meine schöne Küche, blau-weiß, mit Geräten, die alle funktionieren; in der ich so gerne gekocht habe, weil alles so praktisch eingerichtet war; in der du Hilfskoch gespielt hast. Niemand konnte so akkurat Gemüse schneiden wie du, als ob du an jedes Gurkenstückchen ein Lineal angelegt hättest. So hast du immer gearbeitet: genau, sauber, übersichtlich. So sahen deine Listen mit den Karl-May-Bänden aus, so hast du deine Filme geschnitten, - und eben auch Gurken.
Und wir redeten und lachten.
Jetzt also alle Küchenmöbel und sämtliche Einbaugeräte auf den Sperrmüll, nachdem ich vergeblich mit Wohlfahrtsverbänden telefoniert habe.
„Wir nehmen nur solche Möbel und Geräte, die nicht älter als fünf Jahre sind." So sieht es also aus. Nicht älter als fünf Jahre. Mir blutet das Herz, doch meine Kinder finden nichts dabei. In den kommenden Wochen und Monaten werden sie noch öfter sagen: „Tu das weg und kauf dir etwas Neues, heute funktionieren moderne Geräte viel besser und schneller."
So werden in den kommenden Wochen und Monaten Laptop und Dru-

cker, Handy, Haustelefon und GPS-Gerät ausgetauscht, obwohl alles noch funktioniert, nur eben viel langsamer und nicht so perfekt. So wie ich.

Als erstes packe ich die empfindlichen Gegenstände ein: Die zahlreichen, zierlichen Vögel und Schmetterlinge aus buntem Glas, die in deinem Fenster hängen; dazu den Uhu, das Blütenblatt, die kleinen Elefanten und Delfine, die in der Vitrine stehen.

Und den großen, blauweißen Elefanten aus schwerem Glas.

Auf ihn warst du besonders stolz. Ganz allein thronte er jahrelang auf einem Regal, glitzerte und funkelte, sobald ihn Sonnenstrahlen trafen, den Rüssel zum Trompetenstoß gen Himmel geschleudert. Er verkörpert nicht nur elegante Schönheit, sondern auch Stärke, körperliche und geistige. So haben wir ihn beide gesehen, nicht wahr? Umso mehr sollte ich mich jetzt daran erinnern und ihn mir zum Vorbild nehmen. Fühlte ich mich doch besonders in diesen ersten Wochen des neuen Jahres sowohl physisch als auch psychisch furchtbar schwach. Immer wieder stellte mir die Trauer ein Bein, und ich schlug der Länge nach hin. Folge: Ein Sturzbach von Tränen.

Der Elefant hat einen Ehrenplatz in meinem neuen Leben erhalten, dir zur Erinnerung, mir zur Mahnung.

Du weißt ja, dass ich die kleinen Kunstwerke aus Glas geliebt habe. Jedes Jahr habe ich mich tierisch gefreut, wenn du einen neuen Paradiesvogel vom Weihnachtsmarkt mitgebracht hast, die dort in großer Zahl verkauft wurden. Ich habe ihn zu den anderen ins Fenster gehängt. Wenn dann die Sonne darauf schien, war das ein einziges, buntes Glitzern.
Wie ein Kind Du hast dich daran gefreut. Deine Augen strahlten. Das lästige Abstauben hast du dagegen gerne mir überlassen, stimmt´s?

Das Schwerste war doch, deine Schränke auszuräumen. Jeden Pullover, jedes Hemd, jede Hose legte ich sorgfältig zusammen, sanft strich ich über deine Lieblingsstücke, während die Gedanken zurückkehrten zu diesem und jenem Einkaufstrip, an dem sie gekauft worden waren, zurück zu

Kaffee und Kuchen im Straßencafé, zu so manchem Glas Sekt an der Bar des großen Einkauftempels, mit dem wir meistens eine Einkaufstour begonnen haben. Dann wird das Herz schwer und schwerer, die Augen laufen über. Ich lege ein Päckchen Papiertaschentücher neben mich.

Es war doch in deinem Sinne, dass ich deine Kleidung in eine soziale Einrichtung gebracht habe, nicht wahr? Die Frauen, die dort arbeiten, waren freundlich und einfühlsam. Schweigend nahmen sie mir die Kleiderkartons ab. Sie kennen viele Frauen wie mich, ältere zwischen sechzig und achtzig, die mit Männerkleidung in Koffern und Plastiktüten vor der Tür stehen, das Gesicht blass mit tiefen Falten, die sich über Nacht eingegraben haben, die Lider rot gerändert vom vielen Weinen, stumm vor Angst, dass die Tränen wieder fließen, wenn sie zu reden beginnen.

Eine Dame in schwarzer Hose und schwarzem Pullover, mit dunklen Ringen unter den Augen, erzählte mir mit leiser Stimme von ihrer eigenen Trauer; sie gab mir das Gefühl, nicht alleine mit meinem Schmerz zu sein. In ihren Augen las ich Mitgefühl und Verständnis; die Tränen stiegen mir gleich wieder in die Augen. Was immer geschah, wenn mich jemand ansprach, der dich gekannt hat und um dich trauerte. Es brauchte so wenig in jenen Tagen, und auch heute noch, um den Damm zu durchlöchern, der den Tränensee zurückhielt. Er war gefüllt bis zum Limit und bereit, jederzeit unkontrolliert über die Ufer zu treten.

Die Bücherregale mussten abgeräumt werden. Viele deiner Bücher waren groß und schwer – und nicht mehr zu verschenken, keiner wollte sie haben. Im Zeitalter des Internets gibt es kein Interesse an einem zwölfbändigen Lexikon, auch liest heute niemand über vierzig Bände Karl May.

Jahrelang war es unser gemeinsames Vergnügen, und ganz besonders meines, inmitten von Menschenmassen über Flohmärkte zu schlendern, unzählige Stände mit antiquarischen Büchern auf der Suche nach Karl May zu begutachten. Du schautest nach altem Porzellan, ich hatte mein Vergnügen darin gefunden, in großen Kartons zu wühlen und mit Händ-

lern zu fachsimpeln. Meine Liste hatte ich immer in der Hand, auf der die Nummer des Bandes in meinem Besitz, sein Erscheinungsjahr und Erhaltungszustand genau vermerkt waren; so mancher Händler staunte nicht schlecht, und ich war glücklich über jede Neuerwerbung, die ich meiner Sammlung hinzufügen konnte.

Es sind unvergessene Stunden, in denen wir in der Stadt unterwegs waren. Wir haben sie beide sehr genossen.

Als wir dann unsere Radtour an der Elbe entlang in Dresden begannen, war es Ehrensache, dass wir das Karl-May-Museum in Radebeul besuchten.

Wohin jetzt mit den Büchern? Ich habe es ja kommen sehen. Sei froh, dass du meine Bemühungen, sie irgendwo unterzubringen, nicht miterleben musstest. Am Ende nahmen Filmfreunde von dir sie schließlich mit in der Hoffnung, sie eines Tages doch versilbern zu können. Ich habe nie wieder etwas von ihnen gehört.

Zwei oder drei Exemplare gingen allerdings, zu meiner großen Freude, in den Besitz einer Enkelin über.

Wie auch die riesige Bibel mit Goldschnitt, kunstvoll handgeschrieben und mit wunderbar verzierten Initialen, von uns oft mit Ehrfurcht betrachtet. Das hätte dich gefreut, mich hat es getröstet.

Nach deinem Tod starb mit dem Aufgeben der Wohnung ein weiterer Teil unseres gemeinsamen Lebens. In die neue Wohnung zogen die Fotos, Filme, Bilder und einzelne Erinnerungsstücke ein, von denen ich mich auf gar keinen Fall trennen wollte.

Packen, Trage, Fortbringen – alle Aktivitäten halfen, nicht nachzudenken, nicht zu sitzen und zu grübeln, nicht Tage und Stunden vergangenen Daseins wieder und wieder vor meinem inneren Auge abzuspulen. Ein Leben im Hamsterrad wollte ich nicht.

Viele Male fuhr ich zwischen den beiden Wohnungen hin und her und transportierte selber, was ich dem Umzugsunternehmen nicht anvertrauen wollte, verstaute alles im neuen Keller. Je mehr gepackte Kartons sich in den Zimmern stapelten, desto leichter konnte ich mich losreißen und gedanklich der neuen Wohnung zuwenden. Zum Sitzen und Weinen blieb zunächst wenig Zeit. `Gut so´, sagten die Söhne.

Küchenschränke und -geräte wurden hinausgetragen zu ihrer letzten Fahrt zum Schrottplatz, an ihnen haftete noch der Geruch von Bratkartoffeln, Kuchen und Kaffee aus vielen Jahren.

Dann war die Wohnung leer. Die letzten Nägel wurden aus der Wand gezogen, alle Fußböden gefegt. Unser Leben landete auf dem Müll, ich verließ es für immer, nachdem du es schon vor Wochen verlassen hattest. Zum letzten Mal fiel die Wohnungstür hinter mir zu, ich stieg ins Auto, blickte mich nicht um.

Ich fuhr in ein neues Leben.

Die alte Welt draußen machte dagegen ungerührt weiter. In den USA wurde Donald Trump nach einem mit harten Bandagen geführten Wahlkampf als Präsident eingeführt, und seine Absicht, eine Mauer zu Mexiko zu bauen und sie von den Mexikanern auch noch bezahlen zu lassen, verursachte weltweiten Aufruhr. Auch sein Einreisestopp für Menschen aus muslimischen Ländern wurde zum aufregenden Gesprächsstoff vieler Menschen. Ungläubig schauten die Europäer nach Nordamerika. Verständnislos. Mein Blick in die neue Welt war aber zunächst nur ein sehr flüchtiger; eigentlich bin ich politisch interessiert, aber die großen, aktuellen Dramen der Weltgeschichte berührten mich in diesen Wochen nur wie durch einen Schleier. Meine eigene Situation empfand ich als dramatisch genug, mehr Drama konnte ich nicht verkraften.

Auch Krimis strich ich ab sofort aus meinem persönlichen Fernsehprogramm, und alles andere Brutale, Katastrophale. Stattdessen suchte ich in den Programmen nach Natur- und Tierfilmen, die mit ihren friedlichen Bildern mein verätztes Gemüt sanft streichelten. So ist es bis heute geblieben.

Schon in den letzten Wochen des alten Jahres, als es dir zunehmend schlechter ging, nahm ich die Schlagzeilen der Welt nur noch am Rande wahr. Der zerstörerische Weg des Hurrikans „Matthew" über die Karibik bewegte viele Menschen, die Fernsehbilder erzeugten Gänsehaut, aber unterschwellig auch eine gewisse Erleichterung, dass die Katastrophe weit weg schien, und Dankbarkeit dafür, selbst von einem Unglück dieses Ausmaßes verschont zu sein. Auch die Reaktion von Bob Dylan auf die Verleihung des Nobelpreises an ihn sorgte für erregte Debatten bei uns. Wie konnte er nur! In Großbritannien und ganz Europa wirbelte die Diskussion um den Brexit Staub auf für unabsehbare Zeit.

Doch um meine Person schlugen diese Ereignisse einen mehr oder weniger großen Bogen. Du wirst es verstehen.

Die Terroranschläge in aller Welt, Türkei, Afghanistan, Belgien, und besonders der auf den Berliner Weihnachtsmarkt machten mich allerdings sehr betroffen. So viel brutale Kälte! So viele unschuldige Tote!

Dein Tod war der ultimative Terroranschlag auf mein Leben.

Mit meinen alten Möbeln landete ich in der neu hergerichteten Wohnung, und durch die Fenster steckten Tage und Nächte ihre Köpfe und sahen mich fragend an: Was nun?

Ja, was nun? Ich saß auf meinem vertrauten Sofa und saß doch im unbekannten Nichts. Um mich herum war kein Rahmen, keine Struktur, an die ich mich halten konnte; nach der Wohnung musste ich jetzt mein Leben renovieren; nach „wir" hieß es nun „ich", statt „unser" „mein; denn alles, was uns früher erfüllte, hat der Wind verweht, als du von mir gegangen bist: Tanzen und Trekking, Reisen und Radtouren, Feste und Veranstaltungen, die stillschweigend das Auftreten eines Paares voraussetzten. Doch ich war nur noch ein halbes Paar. Du verstehst.

Dein Name wird auf keiner Einladung mehr stehen. In meinen Kalender für das gerade begonnene Jahr brauche ich keinen Ball mehr einzutragen; keinen Termin für eine andere Tanzveranstaltung; keinen für eine Weihnachts- oder Osterfeier, an denen wir gemeinsam teilgenommen haben, viele Jahre lang. Ich brauchte zunächst überhaupt keinen Termin mehr einzutragen. Die leeren Kalenderseiten glotzten mich herausfordernd an. Das konnte ich nicht ertragen. Was soll ich denn machen? schrie ich sie an, wo soll ich denn hingehen! Ich schleuderte das Buch in die Schublade. Tränen der Hoffnungslosigkeit lösten Zorn und Verzweiflung ab.

Meine Blicke wandern von den Glasvögeln zu den Bildern an den Wänden, die Geschichten erzählen, unsere Geschichten, von Reisen und Menschen in aller Welt. Immer fangen sie an mit den drei Buchstaben „wir". Doch das letzte Kapitel vom wir-Leben ist zu Ende geschrieben, das erste des ich-Buches noch nicht aufgeschlagen.

Unsichtbar schwebt dein Name meinen Augen voran vom Fensterbrett, auf dem einige Häuser deines Weihnachtsdorfes stehen, zum Regal mit deinen Glasvögeln, zur Vitrine mit Gläsern und Kerzenständern, die du angeschafft hast, zur Wand mit den Bildern, die du so gemocht hast. Und zum gläsernen Elefanten. Er wird mir Halt geben auf der Reise in ein noch unbekanntes Leben.

Ich werde mit dir reden, innerlich, das wird wie Salbe sein auf mein verwundetes Herz; immer wieder aufgetragen, hoffe ich auf Heilung, früher oder später, so dass ich eines Tages ohne Schmerzen in Erinnerungen eintauchen kann.

Wenn ich allerdings deinen Namen geschrieben lesen will, gehe ich auf den Friedhof.

Tage, Wochen, Monate später werde ich erfahren haben, wie wohltuend es ist, den vertrauten Namen des verstorbenen Partners auf einem Kreuz oder Stein geschrieben zu sehen. Anonyme Gräber? Dein Name ist doch sichtbarer Teil Deiner Identität und kommt mir vor wie ein Medium, über das ich mit Dir kommunizieren kann. Lache mich bitte nicht aus, ich werde nicht der schwarzen Magie anheimfallen.

Aber manchmal klammere ich mich an deinen Namen wie an ein rettendes Stück Holz.

Weiß sind die Felder,
Träume von Freuden im Schnee.
Gestern war´s – nicht heut´.

2 Februar

„Liebste, was tun wir hier? Komm, lass uns nach Hause gehen."
Ich schrecke hoch und knipse die Lampe an. Die Nacht hält die Welt noch fest umklammert.
Ganz deutlich habe ich deine Stimme gehört, so wie ich sie im Krankenhaus gehört habe, als ich die Tür zu deinem Zimmer öffnete, du schräg auf der Bettkante saßest, schwanktest und ich zu dir stürzte, um dich vor dem Herausfallen zu bewahren. Du konntest dich aus eigener Kraft nicht mehr bequem zurücklegen. In höchster Not rief ich nach der Schwester, gemeinsam schoben wir dich zurück in die Waagerechte. Aufstehen wolltest du, das Gehen üben, mit dem Ziel, bald nach Hause zu kommen.
Liebste, lass uns nach Hause gehen.
Deine Stimme nur noch ein leises Flüstern. Mir blutete das Herz. Nein, du würdest nie mehr nach Hause gehen. Ich wusste es.

Oft höre ich dich diese Wörter sagen, wenn Alpträume mich nachts aus dem Schlaf reißen und in eine Realität zwingen, die ich nicht wahrhaben, ja, nicht haben will.
Es ist nicht wahr, dass ich nun allein bin. Es ist nicht wahr, dass ich umgezogen bin. Es ist nicht wahr, dass ich dich nie mehr umarmen kann, dass du mich nie mehr küssen wirst, dass deine Arme mich nie mehr warmhalten werden, wenn ich, wie so oft, friere. Es ist alles nicht wahr, und „nie mehr" gibt es nicht. Gleich wirst du zur Tür hereinkommen und „halli hallo" rufen, wie du es beim Heimkommen immer getan hast. Es kann nicht

anders sein. Bis die Wirklichkeit sich durchsetzt. Dann ist der Absturz brutal, mit schmerzhaftem Druck auf der Brust und tränennassen Kissen. Immer wieder.

Nein, die Eine-Person-Welt will ich nicht.

Dabei kenne ich Ort und Umgebung meiner Wohnung aus einer Zeit, bevor unser gemeinsames Leben begann, das sich jetzt auch Vergangenheit nennen lassen muss und sich zur vergangenen Vergangenheit gesellt. Ich erinnere mich an Wälder und Wege, die ich vor vielen Jahren gegangen und gejoggt bin, an Menschen, die die gleichen Wege gegangen und gejoggt sind, am selben Tag und um die gleiche Zeit: Wir waren eine Gruppe, du und ich waren ein Teil von ihr; du gehörtest zum Trainerteam, blaugraue Augen unter buschigen Brauen, schmales, gebräuntes Gesicht, gut hast du ausgesehen.

Sooft sind wir dort gelaufen, dass ich heute meine, jeden Baum und Strauch rechts und links des Weges noch zu kennen. Von der Firma, in der du gearbeitet hast, hast du mir auf der Joggingrunde erzählt, von deiner Arbeit als Papieringenieur und von dem neuen Job als Qualitätsmanager, der in jenen Tagen gerade installiert worden war.

Stell dir das bitte einmal vor. Ich sitze vor einem leeren Schreibtisch, nur mit meinem Computer und Terminkalender darauf, und meiner Kaffeetasse natürlich, mit einer ganz neuen Aufgabe: Qualitätsmanagement. Buchstäblich bei null fing ich wieder an.

Qualitätsmanagement, was soll das denn sein? Wozu ist das gut?

Du hast es mir erklärt, ich hörte dir zu und bewunderte dich im Stillen. Im Laufe der nächsten Jahre habe ich gesehen, wie maßgeschneidert der neue Job für dich war, wie er zu deinem logischen Denkvermögen, zum dir gegebenen Perfektionismus in Organisation und Darstellung von Abläufen passte; deine Grafiken und Schriftstücke waren vollkommen in Inhalt und Ausführung, die Einladungen zu deinen Filmabenden perfekt.

16

Doch nicht nur solche bedeutenden, auch die kleinen Ereignisse sind mir im Gedächtnis geblieben, denn hier im Wald nahm das „Uns" seinen Anfang.

Da war die Blindschleiche, die sich urplötzlich vor meinen Schuhen krümmte und mich vor Schreck zu einem Satz ins Gestrüpp zwang, das den schmalen Weg zu beiden Seiten säumte; da war die abschüssige Stelle auf dem Weg, an der ich aus Unachtsamkeit über eine Baumwurzel stolperte und heftig hinschlug.

Ins Krankenhaus musste ich dich fahren zum Nähen der klaffenden Wunde am Unterarm. Zwei Tage später gingen wir dann den ganzen Laufweg noch einmal ab.

Du mit einer großen, gefährlich aussehenden Axt bewaffnet, du, der friedliebendste Mensch, den ich je kannte. Und ein Sicherheitsfanatiker warst du auch. Du hast alle Wurzeln, die zu weiteren Stolperfallen für Jogger und Spaziergänger hätten werden können, kurz und klein gehauen. Wir redeten die ganze Zeit über dies und das, spürend, dass da mehr war als sportliche Verbundenheit, dass die Nähe immer näherkam, dass da zwei Pole waren, die sich anzogen. Diesen Marsch durch den gewitterschwangeren Wald habe ich nie vergessen, wenn auch das grüne Blümchenkleid, das ich damals trug, längst im Altkleidercontainer gelandet ist. Kann ich den vertrauten Weg jemals gehen, ohne dich als Axt schwingenden Rübezahl vor mir zu sehen?

Dabei warst du von deiner Figur her gewiss nicht Rübezahl, eher mittelgroß, schlank und sehr sportlich.
Wo sind sie geblieben, die Lauffreunde von damals? Die Gesichter der Läufer von heute sind mir fremd und naturgemäß viel jünger. Die Sportler von damals sind alt, sagt man mir, die ich auch alt bin, sie wollen oder können nicht mehr joggen, sind krank oder verstorben. Ich verstumme.

So gehe ich nun die alten Wege allein, bleibe an dem Gedenkstein stehen, der damals gesetzt worden war für deinen Freund, der das Leben nicht mehr ertragen und freiwillig verlassen hatte. Schuldgefühle blieben dir dein Leben lang.

Warum habe ich nicht gemerkt, dass es ihm so schlecht ging, dass er sich mit Selbstmordgedanken trug? Warum nicht? Wir waren doch sooft zusammen.
Jeder Mensch hat doch auch ein eigenes Leben und du mit deinem neuen Arbeitsfeld …
Das war schwach. Ich fühlte mich hilflos und schwieg.
Ich habe seine Sorgen nicht ernst genug genommen, ich hätte aufmerksamer sein müssen.
Ich weiß, sein selbst gewählter Tod hat dich dein Leben lang belastet.
Und jetzt läufst du allein im Wald herum, das gefällt mir auch nicht, du als Frau …
Und ich frage dich: Was soll ich denn machen? Sag es mir bitte! Im Moment sehe ich keine Alternative. Entweder allein oder gar nicht. Ich kann doch nicht irgendjemand bitten: Geh mal mit mir spazieren. Das siehst du doch ein? Den ganzen Tag zu Hause sitzen, das kann ich nicht. Schon Großmutter und Mutter waren ausgeprägte Naturläufer, das innere Bedürfnis nach dem Draußen sein habe ich wohl geerbt. Das bedeutet logischerweise, dass ich mich daran gewöhnen muss, Wege allein zu gehen. Basta.

So spaziere ich oft hinaus durch die Felder, die gleich am Haus beginnen, bis zum höchsten Punkt der Umgebung, von dem aus man einen herrlichen Rundblick hat über Wiesen und Hecken, Dörfer und Straßen bis dort, wo die dunkle Linie des Schwarzwaldes meine Augen ausbremst. Oben stehen Bänke und Liegen aus Holz zum Ausruhen. Am Himmel schweben vereinzelt Raubvögel und beäugen mich misstrauisch, sitzen auf extra für sie eingerammten Stangen und halten nach herumlaufendem Futter Ausschau. Erst, wenn ich schon recht nahegekommen bin, schwingen sie sich mit trägem Flügelschlag in die Luft, als sei ihnen mein Erscheinen an diesem stillen Ort gar nicht recht. Kummerberg habe ich diese Erhebung für mich genannt, weil ich diesen Spaziergang am liebsten dann unternehme, wenn mein Herz schwer ist. Ich liebe diese Einsamkeit, weil Erinnerungen ungestört zu dir fliegen, weil die Tränen fließen und von meiner Seele den Druck mitnehmen können, der sich wie Schorf stets von neuem auf sie legt.

Am Abhang grast eine schweigende Herde Schafe, die mich nur kurz zur Kenntnis nimmt und dann wieder den Kopf senkt. Wunderbar frischer Wind treibt flinke Wolken vom Schwarzwald herüber zu mir. Für ein Weilchen setze ich mich ganz still auf eine der Balkenbänke, bevor ich den Rückweg antrete und mich ermahne: Heule nicht, nicht schon wieder.

Hier am höchsten Punkt der Umgebung brausen oft Wind und Sturm über die Landschaft, über die kurvige Straße mit den Spielzeugautos weit unten und über die Bahn, die pfeilgerade zum nächsten Bahnhof eilt.

Ich stemme mich gegen den Wind, blicke über den Horizont hinweg bis nach Tibet und sehe uns unterwegs auf Schotterpisten, von Stürmen umtost, die ihre ganze Palette an Regen-, Hagel- und Schneeschauern auf uns herabschütteten. Doch wir fühlten uns eins mit der rauen Natur zwischen den eisigen Bergriesen, an deren Flanken jenseits des Tales hin und wieder Lawinen abbrachen und in die Tiefe donnerten wie Düsenjäger im Sturzflug. Schweigend wanderten wir dem nächsten Zeltcamp entgegen.

An solchen Tagen hast du deine Filmkamera, die du sonst nie aus der Hand gelegt hast, sicher in der blauen Tasche verstaut. In den zwanzig Jahren Trekkingreisen, sei es hoch in den peruanischen Anden, oder im Aufstieg durch den Bergregenwald zum Kilimandscharo in Afrika, oder wandernd durch die vulkanische Landschaft Indonesiens -, stets baumelte die blaue Filmtasche vor deinem Körper und umklammerten deine Finger die Kamera. Du und sie waren eins auf allen Reisen, kein Foto von dir ohne Kamera und Tasche. Ohne sie konntest du nicht sein, gib´ s zu. Entsprechend lädiert sahen beide am Ende ihres und deines Lebens aus.

In der Fachliteratur habe ich von den Wellenbewegungen der Trauer gelesen, von Phasen der Ablenkung und Erleichterung durch Aktivitäten und solchen des Wiedereintauchens in den großen Kummer. So empfinde ich auch: Nach einer von Tränen begleiteten Wanderung spüre ich, dass eine wohltuende Leere in mir ist, als ob das Herz leergelaufen und aller Schmerz vorübergehend ausgewaschen sei.

Auf dem Rückweg gehe ich an dem großen Stein vorbei. Da stehe ich dann – und die Tränen fließen wieder. Ich lasse es zu, bin aber froh, dass nur sehr wenige Menschen auf diesem Weg gehen. Wenn ich jemanden kommen sehe, setze ich die Sonnenbrille auf, meine Versteckbrille, die ich jetzt immer in der Tasche habe. Du weißt doch, welchen Stein ich meine?

Natürlich, da haben wir einmal um Mitternacht meinen Geburtstag gefeiert, als vom Schwarzwald ein Gewitter hereinzog. Dunkle Wolkenbänke hingen schon über dem mächtigen Kirchturm der Stadt, Blitze zuckten über den ganzen Ort, ein höchst dramatischer Anblick.

Ich hatte Sorge, dass Sturm und Regen mir die geplante Überraschung verderben würden. Am Nachmittag hatte ich eine kleine Flasche Sekt und zwei Gläser hinter dem Stein versteckt. Unsere abendliche Joggingrunde führte uns immer dort vorbei, das Timing stimmte in etwa, weil ich das Lauftempo wegen der näherkommenden Blitze und des grollenden Donners trotz keuchender Lungen anzog.

Und ich war hellauf begeistert, dass du plötzlich so ein Tempo draufhattest, führte es auf das regelmäßige Training zurück. Pustekuchen!

Jedenfalls gelang der Coup. Unter einem schaurig schwarzen Himmel stießen wir auf dein neues Lebensjahr an. Das Gewitter brach erst los, als wir schon wieder im Haus waren.

An diese besondere Geburtstagsfeier habe ich mich später immer wieder gern erinnert.

Im Laufe der Zeit wird so ein Ort, dessen Anblick beim ersten Wiedersehen wie Feuer brennt, immer weniger Schmerzen bereiten, habe ich gelesen, bis er eines Tages sich verwandelt in einen solchen der liebevollen Erinnerung, an dem ich mit einem Lächeln im Gesicht stehen werde. Noch kann ich mir das überhaupt nicht vorstellen.

Aber da ist schon etwas Wahres dran: Gegen Ende des Jahres werde ich wirklich erfahren haben, dass ich mich dort oben hinstellen und zu dir sagen kann: Hör mal, mein Lieber, jetzt ist Schluss mit der ständigen Heulerei. Ich will nicht mehr. Jedenfalls nicht immer wieder.

Ja, so werde ich mit dir reden. Später.

Die Tage vergehen.

Anfangs glaubte ich, jeder einzelne würde wie ein Mühlstein an meinem Hals hängen. Ich messe sie von deinem Todestag an und wundere mich, dass immer wieder ein Morgen anfängt, ein Tag vergeht, der Abend kommt und die Nacht mich zu einem neuen Morgen trägt.

Die Tage vergehen.

Die Zeit ohne dich wächst unaufhörlich, reiht einsame Stunden aneinander und ist nicht auszubremsen. Die Renovierungen in der Wohnung gehen weiter. Die Dachfenster werden ausgetauscht, die Platten auf der Terrasse erneuert. Der Frühling steht, noch zögernd, hinter Wald und Feld und schickt als Vorhut heftige Windböen über Terrasse und Pflanzkübel. Sie rütteln an den Jalousien, an allem, was nicht festgezurrt ist. Noch sind mir die Geräusche um mein neues, altes Zuhause fremd, zum Beispiel das Heranrauschen der S-Bahn bei entsprechender Windrichtung; noch halten die bekannten aus vergangenen Jahren meine Ohren besetzt, zum Beispiel das endlose Rauschen der Autobahn. Die Zeit wird sie vertreiben und neue zu gewohnten werden lassen.

Die Tage vergehen.

Ich schreibe in mein Tagebuch und spüre, dass es mir guttut, Gedanken und Gefühle aufzuschreiben. Wenn ich sie dem Papier anvertraue, wird mir leichter ums Herz. Irgendwann fangen die Buchstaben vor meinen Augen trotzdem an, in Tränen zu schwimmen; ich schalte den Laptop aus. Nichts geht mehr.

Die Tage vergehen.

Ich habe mir das lokale Blättchen gekauft und gesehen, dass es sehr viele Vereine mit zahlreichen Veranstaltungen im Ort gibt, von Sportvereinen bis zu kulturellen Einrichtungen. Die Woche hat sieben Tage, die ich unbedingt mit einigen Terminen bestücken muss, um mich von mir und meiner Trauer abzulenken.

„Sie müssen unter die Leute gehen", hat der Arzt gesagt, als ich ihn nach einer Kur fragte, „gehen Sie in einen Sportverein oder Ähnliches, das ist jetzt das Richtige für Sie."

Also Sportverein. Ich suche mir Termine für eine wöchentliche Gymnastik- und eine Yogastunde heraus. Sport ist gut. Zwei Termine in meinem Kalender. Der Anfang ist gemacht. Ich starre auf die eingetragenen Tage und Uhrzeiten, als ob ein Lottogewinn dastünde. Wie wichtig solche banalen Dinge werden können! Jeder Termin wird zu einem Pfosten in meinem neuen Leben, an den ich mich klammern kann. Im Laufe der kommenden Wochen werden noch mehr feste Zeiten dazukommen.

Unsere gemeinsamen Termine gibt es nun nicht mehr: Kein Tanzclub, kein Konzert-oder Kinobesuch zu zweit. Im letzten halben Jahr deines Lebens führten uns Termine zum Hausarzt, zum Röntgenfacharzt, ins Krankenhaus und zurück nach Hause. Nach ein paar ruhigen Wochen begann der Kreislauf von vorne. Bis das Krankenhaus zu deinem ungewollten und endgültigen Zuhause wurde. Zu unserem. Oft fuhr ich nur zum Schlafen zurück in die Wohnung.

„Komm doch zu uns in den Literaturkreis", sagt eine Bekannte zu mir, die ich von früher kenne und die ich zufällig auf der Straße treffe. Bücher zu lesen ist Bestandteil meines Lebens von Kindheit an, über sie zu diskutieren in einem Kreis Interessierter hört sich gut an. Ich nehme die Einladung an, so gesellt sich ein Literaturkreis, also etwas für den Geist, zu Gymnastik- und Yogastunde. Ich bin sicher, dass du das gut findest.

Die Woche erhält wieder Struktur, sobald sich erste Wiederholungen einstellen, es zur Gewohnheit wird, montags hier- und dienstags dorthin zu gehen. Wie schnell ich mich daran gewöhnt habe, wie dankbar ich bin, dass um mein neues Leben ein Rahmen sichtbar wird, der das Herausfallen aus der Welt verhindert. Das Gefühl Geborgenheit schlägt die ersten, zarten Wurzeln, wenn ich mit anderen an einem Tisch sitze oder im großen Kreis auf Gymnastik- bzw. Yogamatten. Ein Teil in einem größeren Ganzen zu sein, wird für mich überlebenswichtig.

Der Kontakt zu ehemaligen Kolleginnen war fast ganz eingeschlafen. Klar, wir zwei waren uns die meiste Zeit genug und hatten darüber hinaus unsere gemeinsamen Hobbys. Jetzt verspüre ich das Bedürfnis, mit diesen Frauen zu reden, zu schauen, wie sie ihr Leben meistern, denn verstorbene Partner gibt es auch hier.

Also rufe ich an. Die Vertrautheit aus langen Berufsjahren stellt sich schnell wieder ein. Aus dem ersten Telefongespräch werden viele, wird eine Kaffeestunde, aus der einen viele im Laufe des Jahres. Aus dem anfänglichen „Wie geht es dir?" kommen wir schnell weg zu wichtigeren Dingen; so ganz nebenbei erhalte ich Antworten zu den wirklich bedeutenden Fragen: „Wie hast du die ersten Tage und Wochen nach dem Tod deines Mannes überstanden? Wer oder was hat dir am meisten geholfen?"

Wie gut tut es zu hören, wie andere mit den bisher ungekannten Problemen und besonders mit dem noch ungewohnten Alleinsein fertig werden; im regen Austausch über Wochen und Monate zu erfahren, wie sie ihr Leben organisieren und dabei auf so manche gute Idee für die Überwindung eigener Schwierigkeiten zu stoßen; mitzufühlen, wenn Krankheiten und Schmerzen sie plagen, und die gibt es im Laufe der Zeit nicht zu knapp. Und dankbar anzunehmen, dass sie ehrliches Mitgefühl zeigen und besonders in diesen ersten Monaten bereit sind, meine Tränen zu ertragen.

Bis zum Ende des Jahres würde sich eine feste Frühstücks- und Geburtstagsrunde etabliert haben, die gerade am Anfang meines Weges aus der Trauer in ein neues Leben so wichtig für mich war und bis heute wichtig geblieben ist.

Keine Sorge, ich habe dich trotz der Termine nicht vergessen. Jede Woche wandere ich hinaus zu deinem Grab, gehe durch Wiesen und Felder, manchmal unten am Fluss entlang, manchmal weiter oben auf der Höhe, genieße die frische Luft und halte nach Vögeln Ausschau.

Sag mal, erinnerst du dich an die Plattform, auf die man hinaufsteigen und von der aus man Wasservögel auf einem kleinen See beobachten konnte?

Ja, natürlich. Dort haben wir oft für eine Verschnaufpause angehalten, wenn wir auf einer Radtour waren. Erholsam war es, die Tiere eine Weile zu beobachten und die Stille zu genießen.

Stell dir vor, die Vögel sind verschwunden, der See ist ausgetrocknet, der Ausguck verwahrlost. So traurig ist das. Vieles, was einmal eine Bedeutung in unserem Leben hatte, ist fort, vergangen. Bevor du mir Theatralik vorhältst, bin ich lieber still. Aber schade ist es schon.

Sonntagsfrühstück.

Du weißt, was ich meine: der besonders hübsch gedeckte Tisch mit allem, was du so gerne mochtest. Nie vergaß ich, das Radio mit klassischem Konzert einzuschalten, in meinen Augen war diese Musik der rechte Rahmen für den Sonntagsgenuss. Manchmal stand ein Glas Sekt neben der Kaffeetasse. Frühstücken und plaudern – wie haben wir diese Zweisamkeit genossen.

Dann hast du oft aus deiner Kindheit und Jugend erzählt. Unglaublich, was ihr Jungen alles so angestellt habt. Von Straßengangs und heftigen

Prügeleien war die Rede. Kann man sich das bei dir vorstellen? Und vom Schwimmen im Rhein.

Wenn die großen Schleppkähne den Rhein heraufkamen, haben wir uns ins Wasser gestürzt, sind auf sie zu geschwommen, haben uns an der Bordwand festgekrallt und ein ganzes Stück mitziehen lassen, obwohl das streng verboten war. Und irgendwann mussten wir dann loslassen, ans Ufer schwimmen und den ganzen Weg zurücklaufen, barfuß. Das war dann heftig. Den Eltern haben wir natürlich nichts davon erzählt.
Von den Tieffliegern im letzten Kriegsjahr hast du mir immer wieder berichtet und von gefundener und aufgehobener Munition, mir, die ich damals ein sehr braves Mädchen war. So waren die Zeiten, als der Krieg gerade zu Ende ging.

Alles vorbei, bis auf die Musik. Die schalte ich auch bei meinem Eine Frau-Sonntagmorgenfrühstück ein. Klassische Musik beruhigt mich, vielleicht, weil sie schon viele Jahre alt ist und Kontinuität vermittelt, ein Gefühl von Unzerstörbarkeit in meinem zerstörten Leben. Sie verbreitet Ruhe und Harmonie da, wo in diesen Tagen weder das eine noch das andere ist. Gefühle, die ich doch so bitter nötig habe.
Auf der Fensterbank neben meinem Tisch liegt ein Päckchen Taschentücher. Feuchte Augen statt zärtlicher Worte, Saft statt Sekt, neben dem Teller mit schnell gerichteten Broten und der Tasse Kaffee Buch und Brille statt deiner streichelnden Hand. Es schmeckt nicht.
Das Geheimrezept für den Sonntagmorgen habe ich noch nicht gefunden. Überhaupt die Wochenenden.
Die sind gekennzeichnet mit dem Wörtchen „kein". Es klebt an ihnen wie das Etikett am neuen Kleid. Kein Sportverein, keine Yogastunde, kein Shopping, kein Arztbesuch und kein Frisör. Keine Einkäufe in Supermärkten, in denen unter der Woche das Leben wuselt. Wenn die letzten Kunden ihre Einkäufe in den Autos verstaut, die Händler auf dem Wochenmarkt ihre Stände abgebaut und den Boden sauber geputzt haben, wenn

Geschäftsleute ihre Türen abschließen und ihre Rollos herunterlassen, wenn nur noch ein Reinigungsfahrzeug seine einsamen Runden dreht, erstirbt das Leben in den Straßen und vor den Häusern schnell. Menschen ziehen sich in ihre Privatheit zurück, zu ihren sportlichen und familiären Unternehmungen. Und ich?

Auch Kinder und Enkel wollen ihr Familienwochenende haben, ich kann mich nicht ständig selbst einladen oder an ihre Aktivitäten anhängen.

Also erledige ich sonntags notwendige Schreib- und Aufräumarbeiten, lese in meinen Büchern, lackiere die Fingernägel, wasche Wäsche und repariere Notwendiges. Wenn ich zu solchen handwerklichen Tätigkeiten überhaupt in der Lage bin. Wenn nicht, muss ich mir überlegen, wen ich um Hilfe bitten kann. Und das wird von nun an öfters der Fall sein. Zu den handwerklichen Alleskönnern gehöre ich nun wirklich nicht, wie du weißt. Viel mehr als das Einschrauben einer Glühbirne war nie.

Eine feste Partnerbeziehung bringt Abhängigkeiten hervor. Die Arbeiten sind zwischen den Partnern aufgeteilt. Was ich nicht kann, machst du, was du nicht kannst, tue ich. Keine Notwendigkeit, etwas vom Geschäft des anderen zu lernen. So ist es seit ewigen Zeiten. Und jetzt? Alle Notwendigkeiten liegen zu hundert Prozent bei mir. Da siehst du, was du mir eingebrockt hast.

Wochenenden können kritisch sein, besonders bei Schlechtwetter, wenn kaum ein Spaziergang möglich ist. Ich muss vermeiden, dass die Samstags-oder Sonntagsstunden gähnend in einer Ecke hocken und mich gelangweilt anstarren. Also lege ich mir schon ein oder zwei Tage vorher ein Programm zurecht, das mich durch das Wochenende trägt.

Und sehne mich nach den Wochenenden mit dir.

Inzwischen habe ich gelernt, alleine ins Café zu gehen, auch in die Pizzeria. Aber in ein „richtiges" Restaurant traue ich mich alleine noch nicht, dahin, wo am Samstagabend die Pärchen sitzen bei einem Glas Wein, Familien einen Geburtstag feiern oder eine Gruppe Freundinnen tratscht.

Ich frage mich, warum Alleinbleibende, in der Mehrzahl Frauen, sagen wir mal im fortgeschrittenen Alter ab sechzig, sich häufig so zurückziehen und nicht mehr ausgehen; ich bin beileibe nicht die Einzige, wie ich im Laufe der Wochen und Monate erfahre. Gibt nur der Mann uns Frauen die nötige Sicherheit im Auftreten? Nicht nur ich war es gewohnt, dass der Herr vor der Dame das Lokal betritt und sie so gegen unter Umständen lästige Blicke abschirmt. Jetzt stehe ich sozusagen „nackt" da.

Auch scheint es so, dass wir zurückbleibenden Frauen der älteren Generation einen Teil unseres Selbst im Laufe einer Partnerschaft irgendwo ganz hinten im Kleiderschrank versteckt oder in die unterste Schublade des Schreibtisches gestopft haben; unbewusst, um der Harmonie des gemeinsamen Lebens willen. Haben wir nicht gelernt, einen Schritt hinter den Mann zurückzutreten? So war es doch üblich durch viele Jahrhunderte, unsere Mütter und Großmütter haben es uns genauso gelehrt. Und was nun, wenn der Herr des Hauses nicht mehr da ist? Zurücktreten ist nicht mehr. Im Gegenteil: Gefordert ist der Schritt nach vorn.

So wie ihn die Frauen getan haben, die aus der Jahrhunderte alten Rolle als Hausmutter ausbrachen, Mädchen und Frauen den Zugang zu Gymnasien, Universitäten und Wahlurnen erkämpften und so tradierte Rollenbilder hinter sich ließen. Noch nie ist mir so deutlich geworden wie in diesen Wochen, welchem Widerstand sich die Frauen damals entgegengestellt haben. Und wie ist es heute? In unserer Gesellschaft sind die Einstellungen gegenüber Ehe und Beziehungen zwar liberaler, aber der soziale Druck, einen männlichen Partner haben zu müssen, schwebt um Singlefrauen wie ein Pesthauch.

In den kommenden Wochen und Monaten meines neuen Singledaseins wird mir immer klarer, meine seelischen Fäuste ballen zu müssen. Ich sehe dich nicken und höre dich sagen, dass ich es lernen werde, in nahezu Allem die alleinige Entscheiderin zu sein; sein zu müssen, ob ich will oder nicht. Ich sage dir: ich will.

Ich werde Frauen treffen, die diesen Weg seit Jahren allein gehen, die gelernt haben, ihn gerne zu gehen und mir aus voller Überzeugung seine Vorteile darlegen werden.

„Du kannst über deine Zeit frei verfügen", erklärte mir eine alleinstehende – wie ich dieses Wort hasse! - Sportfreundin voller Überzeugung, „dein Geld ausgeben, wie du willst, dich treffen, mit wem du willst, musst niemandem gegenüber dein Handeln rechtfertigen. Du lebst einfach stressfreier. Genial, nicht wahr?"

Strahlende Blicke, ein Lächeln in den Mundwinkeln. Noch kann ich das nicht so recht glauben. Ob das wirklich so stimmt?

Du zuckst mit den Schultern.

Jetzt also die Trauer hinter der Wohnungstür eingesperrt und hinein ins Sternelokal - oder eine Preisklasse drunter. Geschworen habe ich mir, Selbstmitleid nur innerhalb meiner Wohnung zuzulassen. Das Leben hält mir täglich den Spiegel vor: Schau hinein, neben dir ist niemand, du bist alleine. Akzeptiere das endlich.

Also werde ich um einen Einzelplatz an der Sonne des Lebens kämpfen.

Soll ich samstags und sonntags in der Wohnung sitzen und trauern? Zum Friedhof gehen und trauern? Alleine wandern und trauern? Fernsehen und trauern?

Nein, nein und nochmals nein. Jedenfalls nicht immer. Das siehst du doch sicher ein, das würdest du nicht wollen. Und somit ist klar: Ein Wochenend-Alternativprogramm muss her.

Im Wald wird es grün.
Geh´ und lass dich umfangen.
Balsam auf dein Herz.

3 März

Die Märzsonne kündet den Frühling an. Ich stelle mir einen Stuhl auf die Terrasse, schaue über die Felder, die sich braun und nackt bis zum Waldrand erstrecken. Der wilde Schrei des Milans schreckt mich auf und lässt mich zum Himmel blicken. Da schwebt er heran, direkt über den Baumwipfeln, späht nach unten, kommt noch etwas näher und sinkt tiefer, so dass ich die Maserung seines Gefieders studieren kann. Er wirkt so kraftvoll und überlegen, wie gern würde ich ihn dir zeigen.

Stell´ dir vor, was ich auf einem meiner Gänge zum Kummerberg entdeckt habe!

Es gibt ein kleines, vorgelagertes Naturschutzgebiet inmitten der Felder, Hecken und Wege, das ich vorsichtig betreten habe, weil ich schon von weitem einen großen, eingezäunten Ameisenhaufen ausmachen konnte und sehen wollte, ob sich dort etwas bewegte. Es wuselte nur so von den kleinen Tierchen, eine Zeitlang blieb ich in der Betrachtung der eifrigen Ameisen versunken; als ich meinen Blick hob, entdeckte ich zahlreiche Büschel von Küchenschellen oder Kuhschellen, wie man sie auch nennt, die die Wiese blau betupften. Überall schaukelten die zarten, blauen Köpfchen, demütig gesenkt, als schämten sie sich ihrer Schönheit. Wie anmutig sah das aus! Vorsichtig bin ich um die Prachtbüschel herumgeschlichen; nur ja nichts zertreten! Hinter schützenden Hecken habe ich immer neue Ansammlungen der zarten Glocken entdeckt; sie wollten von mir bewundert werden, was ich ausgiebig tat, denn sie waren Balsam für meine geschundene Seele. Ich fühlte mich getröstet von einer Natur, die

unbeirrt ihren vorbestimmten Weg geht und nehme mir vor, bald wieder hierher in diese blaue Stille zu kommen.
Sicher hättest du von der Kuhschellenwiese Filmaufnahmen gemacht, ja, da bin ich sicher.

Zwei Fotos stehen auf meinem Bücherregal, sie markieren Anfang und Ende eines Paares, zwischen ihnen liegen zwanzig Jahre gemeinsamen Lebens. Wie jung wir doch waren auf dem linken Bild, in der Erwartung vollkommener Jahre und der Erfüllung so vieler Wünsche, die jeder im geheimen hegte. Obwohl wir beileibe keine zwanzig mehr waren, nicht im Wolkenkuckucksheim wohnten. Das rechte Bild zeigt tief eingegrabene Furchen in deinem Gesicht, in denen die kommende schwere Zeit noch verborgen lag. Und von unheilvoller Krankheit bei mir. Schrecklich, diese weißen Haare! Diese verdammten Chemos!

Tagein, tagaus habe ich im Krankenhaus an deinem Bett gesessen und unter der Schutzkleidung und –maske geschwitzt wie sonst was. Aus der Zeitung habe ich dir vorgelesen, das mochtest du so gern.
Ich habe ganz still gelegen, weil mir bei jeder Kopfbewegung schlecht wurde.

Wer ahnte damals, dass sich die Szenerie mit umgekehrten Vorzeichen wiederholen würde? Dieses andere Foto: Das letzte gemeinsame. An meinem Geburtstag, ich lächle, war nur glücklich; ich habe das Unheil nicht kommen sehen oder nicht sehen wollen, ein halbes Jahr später kam das endgültige Aus.

In all den gemeinsamen Jahren warst du dir der Endlichkeit menschlichen Lebens immer sehr bewusst. Immer wieder hast du dir das Zentimetermaß aus meinen Nähutensilien erbeten, um mir zu verdeutlichen, was du meintest. Dein Finger lag dort, wo das Ende des Bandes doch schon recht nah war, ein ganzes Stück über die Mitte hinaus.

„So viel Leben haben wir schon hinter uns", hast du dazu gesagt und mich sehr ernst angeschaut, so dass ich spürte, wie wichtig dir das Thema war. Dieses Bewusstsein bewog dich, aus dem See deiner Wünsche und Möglichkeiten mit vollen Händen zu schöpfen. Das geschärfte Bewusstsein älterer Menschen, zu denen wir ja auch gehörten, für das bevorstehende Lebensende drängte Stolpersteine und Fallgruben, die auch in unserem Zusammenleben durchaus vorhanden waren, zurück zugunsten gemeinsamer Wünsche und erreichbarer Ziele. Deren Verwirklichung rückte in den Fokus der kommenden Jahre. Zwanzig sind es geworden.

Du glaubst nicht, wie schön es manchmal schon ist, auf der Terrasse zu sitzen, obwohl das Frühjahr gerade erst begonnen hat. Die Wärme wabert über den Plattenboden, ich sitze gemütlich unter dem neuen Sonnenschirm, lausche dem Vogelkonzert und lese Zeitung. Ich stelle mir vor, dass du neben mir sitzt und auch in den Zeitungsseiten blätterst. Wir diskutieren über diese oder jene Nachricht, die du mir vorliest und die dich mal wieder furchtbar aufregt.

Da ist schon wieder einer wie ein Verrückter über die Autobahn gebrettert und hat einen schweren Unfall verursacht. Ein Toter, zwei Verletzte. Man sollte ihm sofort den Führerschein wegnehmen, für immer.

Noch mehr machten dich Meldungen über verunglückte Bergwanderer zornig. Waren wieder Menschen tödlich abgestürzt, die aus Leichtsinn und Selbstüberschätzung ihre Unfälle selbst verursacht hatten, kamst du richtig in Rage, denn da warst du kompetent, hattest du doch selbst mehrere Kurse in den Bergen gemacht, einschließlich zahlreicher Sprünge in Gletscherspalten. Erregt hast du dich aber auch über Dinge, die wir nicht ändern können, das war schon immer eine deiner Spezialitäten. Innerlich habe ich so manches Mal gelächelt. Doch, so war es, protestiere nicht.

Aber ganz ehrlich, ich vermisse unsere Gespräche schon sehr. Oft ging es ganz ernsthaft um Gott und Glaube. Deine Eltern waren gute Christen gewesen und hatten dich und deinen jüngeren Bruder im christlichen Sinne und im Glauben an Gott erzogen. Die Wohnverhältnisse während des Krieges waren beengt, du musstest auf den viel jüngeren Bruder ständig Rücksicht nehmen.

Gern hätte ich meinen Karl May abends im Bett gelesen, aber immer musste ich das Licht wegen meines kleinen Bruders sehr früh ausmachen, das hat mich gewurmt; ich fand das sehr ungerecht, deswegen habe ich es nie vergessen. Dann habe ich mir etwas ausgedacht, um meinen Vater auszutricksen, habe einen Bindfaden von der Türklinke bis zu meinem Zeh unter der Bettdecke gespannt, wo ich meinen Karl May mit Taschenlampe gelesen habe. Wenn er dann zur Kontrolle kam, war ich sofort gewarnt.
Und, war es ein erfolgreiches Manöver?
Also einmal schon.

In späteren Jahren wurdest du zum Blutspender für den schwer erkrankten Bruder, konntest aber sein Leben am Ende doch nicht retten, obwohl es zunächst sehr hoffnungsvoll aussah. Das hat dich lange belastet.

Dann saugte der Pietismus dich ein und bestimmte viele Lebensjahre, in denen dir Leichtigkeit und rheinische Lebensfreude abhandenkamen, die dir neben der Gewissenhaftigkeit auch im Blut lagen. Pflichten, Sorgen und Gebete bestimmten den Ablauf deiner Tage, bis du aus dieser engen und frommen Welt ausgebrochen bist. Gemeinsam haben wir dann auch die leichteren Seiten des Lebens umgeblättert.
Gläubig bist du allerdings dein Leben lang geblieben; weil ich aber genau das nicht mehr war, hat es viele Diskussionen gegeben. Mich hatte das Dasein von Kindheit an gelehrt, mit dem plötzlichen Verlust geliebter Familienmitglieder und Partner weiterzuleben, mehr als einmal; mich nur auf mich selbst zu verlassen, schon gar nicht auf irgendeinen Gott, der

unsichtbar, unhörbar und für mich nicht spürbar blieb. Wer hat die Welt erschaffen, wie ist sie entstanden? Wir haben uns die Köpfe heiß geredet – und ließen unterschiedliche Ansichten mit dem letzten Schluck Kaffee und dem letzten Brotkrümel so stehen -, um sie irgendwann wieder aufzunehmen und die Fäden weiterzuspinnen.

Es war doch so: Nicht zwei junge Leute, sondern zwei am Ende der mittleren Lebensphase hatten sich gefunden; beide schleppten wir einen schweren Rucksack gelebten Lebens in unsere gemeinsame Küche, um aus den mitgebrachten und einigen frischen Zutaten ein schmackhaftes Gericht für den Rest des Weges zu bereiten.

Eine dieser Zutaten war das Filmen, das hast du als Jugendlicher begonnen und gleich nach dem Eintritt in den Ruhestand intensiv wieder aufgenommen. Die neue Kamera in der neuen blauen Tasche hat uns auf allen Reisen begleitet. Moderne Geräte zum Schneiden und Vertonen hast du angeschafft, dein Zimmer wurde zu einem Filmstudio.

Das ist wahr. Stundenlang habe ich am Computer gesessen und mir die Aufnahmen der letzten Reise ansehen, ich machte sie praktisch zum zweiten, dritten und vierten Mal, denn beim einmaligen Ansehen blieb es ja nicht. Immer wieder habe ich mir einzelne Sequenzen angesehen, ausgeschnitten und zusammengefügt.
Irgendwann klopfte es an meine Tür.
Kannst du mal bitte rüberkommen und dir dies ansehen? Setz dich hier auf meinen Stuhl und sage mir, wie diese Szene auf dich wirkt.
Und dann die Übergänge von einer Szene zur nächsten. Du warst dein schärfster Kritiker und hast an jeder Szene akribisch gefeilt. Tagelang haben wir Filmtexte und Szenenübergänge angeschaut und diskutiert. Bei der Auswahl der Musik, die du dem Film hinterlegen wolltest, warst du genauso sorgfältig.

Mehrmals fanden bei uns Uraufführungen mit lieben Freunden statt. Schon deine Einladungen waren die reinsten Kunstwerke. Und dann deine Empörung:

Sie haben geredet während der Vorführung, das geht doch gar nicht.

Nur ein bisschen. Sie haben das Beisammensein genossen und waren hellauf begeistert von deinem Film.

Das dürfen sie erst hinterher sein.

Du warst wirklich ein bisschen sauer, und ich musste eine ganze Weile auf dich einreden, bevor du bereit warst, dich über die positive Resonanz zu freuen.

Jetzt gibt es niemanden in meiner Umgebung, mit dem ich so gut reden könnte, wie es mit dir war. Ehrlich.

Du fehlst mir, egal, wohin ich gehe oder wo ich stehe.

Du fehlst mir als Hiwi in der Küche, bei den vielen notwendigen Erledigungen im Haushalt.

Du fehlst mir, wenn ich mir etwas Neues zum Anziehen gekauft habe und du meine Neuerwerbung nie mehr begutachten kannst.

Du fehlst mir bei der Bewunderung eines Sonnenuntergangs, wenn der Himmel zu brennen scheint, wenn die Abendwolken sich an einem betörenden Farbenspiel berauschen.

Es ist schwer, etwas alleine schön zu finden, es ist, wenn es hochkommt, halb so schön. Dass Schönes so seinen Glanz verlieren kann!

Schau, da oben, da ist er wieder! Lautlos lässt sich der rote Milan immer tiefer sinken, streckt seinen Kopf vor, als ob er mich begrüßen und mir sagen will: Ich bin hier, ich passe auf dich auf, sorge dich nicht. Vielleicht klingt es hysterisch, aber ich fühle mich bei seinem Anblick irgendwie getröstet.

Dafür musst du dich nicht schämen. Alles, was dich beruhigt, ist gut und richtig.

Danke. Ich denke oft beim Auftauchen des majestätischen Vogels, dass er meinen Frühstückstisch inspiziert. Nein, ich muss ihn enttäuschen, bei mir gibt es Kaffee, Brötchen und Ei, keine Mäuse. Gleich wird er abdrehen und sich ein Revier suchen, das ihm mehr Jagdglück beschert, was ich gut verstehen kann.

Von unserem Zusammenleben hattest du eine ganz feste Vorstellung.
Du und ich, wir beide ganz allein, die Welt soll draußen bleiben. Ich sitze in meinem Filmstudio und du jenseits der Wand in deinem Zimmer bei deinen Aktivitäten. Das stelle ich mir wunderbar vor.

So hast du dich wohlgefühlt, und oft war es ja auch so. Aber konnte das gutgehen, eine Beziehung so ganz ohne Inspiration von außen? Ich zweifelte, und allmählich entstand neben dem Tanzclub, in den wir bald eingetreten waren, ein größerer Bekanntenkreis, der dir auch gefallen hat, weil mit den Einladungen anregende Gesprächsrunden einhergingen. Von deiner Filmarbeit hast du gern erzählt, und das Interesse der Zuhörer hat dir gutgetan.

Logischerweise war es für mich von einem Tag auf den anderen vorbei mit dem Tanzen, denn ohne Partner war es unmöglich.
Wie gut, dass gerade line dance in Mode gekommen war! Ich schaute mir in den kommenden Wochen verschiedene Veranstaltungen an und blieb beim latin line dance hängen. Viele nette Frauen und flotte Musik, das war ganz nach meinem Geschmack. Wieder tanzen, anders, aber doch tanzen.

Oft waren wir in Stuttgart unterwegs. Einkaufen, Konzerte und Theater, essen gehen, und dann nachts nach Hause. Es war einfach schön mit uns, Probleme habe ich da nie gesehen.
Aber jetzt habe ich eins, ein massives sogar. Nachts allein mit dem Auto unterwegs? Ungern. Was ist, wenn ein Unfall geschieht, oder ein Reh mir

ins Auto springt, wie es uns doch schon einmal passiert ist? Nachts allein mit der S-Bahn unterwegs? Aussteigen an der letzten Station, wenn auch Betrunkene aus der Bahn torkeln, allein durch die schmuddelige, einsame Unterführung zum Auto gehen? Nenne mich einen Feigling, aber das ist nichts für mich, lieber verzichte ich. Stuttgart ade, noch habe ich einen für mich gangbaren Weg zu dir in die City nicht gefunden.

Sport haben wir immer gemeinsam getrieben.
Dabei war das Joggen nur Mittel zum Zweck. Eine gute Kondition wollten wir uns antrainieren, die wir für die Reisen in alle Welt und für das Bergwandern in großen Höhen brauchten. Da warst du Fachmann und hast einen Trainingsplan gemacht, den wir möglichst konsequent durchgeführt haben. Der Lohn für die Mühe waren erlebnisreiche Trekkingtouren in aller Welt, in großen Höhen und ungewohnten Klimazonen, in fremden Kulturen und Lebensgewohnheiten.

„In jungen Jahren habe ich Eishockey gespielt", hast du mir auf einer winterlichen Kurzreise ins Allgäu erzählt; nach dem Abendessen waren wir auf dem Weg zurück ins Hotel. Von fern schallte lautes Getümmel, was ich nur im Unterbewusstsein zur Kenntnis nahm, weil ich mal wieder schrecklich fror.

Komm, lass´ uns da doch mal reingucken.

Ohne mich zu fragen, hast du meinen Arm gegriffen und mich zielsicher durch den Eingang einer großen Halle bugsiert, aus der lautes Gejohle über mich hereinbrach, unterbrochen von knallenden Geräuschen wie von Peitschenhieben. Eishockey wurde gespielt, du hast mich in eine Bank geschoben und hattest dann nur noch Augen für ein Spiel, von dem ich nicht das Geringste verstand. Jedes Mal zuckte ich zusammen, wenn der Puck an die Bande knallte oder sogar ein Spieler denselben Weg nahm. Dieser Krach, dieses Gebrüll! War ich froh, als wir wieder draußen standen!

Später kam das Skilaufen dazu, auch das hast du mit Leidenschaft und über viele Jahre betrieben und ganz nebenbei auch aus mir eine ganz passable Skiläuferin gemacht. Die Bretter eines Tages für immer in den Keller zu stellen, ist dir gewiss nicht leichtgefallen. Überhaupt: Deine Geduld war legendär. Immer wieder, Jahr für Jahr, hast du mir Bögen und Schwünge erklärt und die richtige Technik im Zeitlupentempo vor meinen Augen demonstriert. Du warst so ein guter Lehrer.
Dabei kein draufgängerischer, sondern ein sehr eleganter Skifahrer; das passte zu dir. Ich sah dir gerne zu und bewunderte deinen Tanz auf den Brettern.
Kaltenbronn im Nordschwarzwald.
Oft sind wir dort zum Skilanglaufen gewesen, haben die dick in Schnee verpackten Tannen bestaunt, während wir auf den Loipen durch die eisige Stille zogen. Du hast von mir das Langlaufen gelernt wie ich von dir das alpine Skilaufen.

Es ist mir ein ewiges Rätsel geblieben, wie man diese verdammten Dinger abbremsen kann! Wie soll man da bloß unbeschadet einen Abhang hinunterkommen?

Immer wieder habe ich versucht, es dir zu erklären und zu zeigen. Du hast nur mit dem Kopf geschüttelt und mir hinterher geschaut, wenn ich ruckzuck hinter der nächsten Biegung verschwunden war. So mancher Sturz mit zahlreichen blauen Flecken hat dich die richtige Technik gelehrt. Im Üben warst du unermüdlich, in deinem – entschuldige bitte – vorgerückten Alter. Bald warst du besser als ich, und ich hatte Mühe, dir hinterher zu kommen.
Wenn du nicht gewesen wärst, hätte ich die hohen Berge wohl nie kennengelernt. Kam ich doch aus dem norddeutschen Flachland. Da stand

ich hoch oben auf dem Berg und schaute hinunter auf eine Spielzeug-landschaft tief unter mir, traute mich kaum, einen Fuß vor den anderen zu setzen. Du wolltest mir Angst und Unsicherheit nehmen, hast mir immer wieder beruhigend die Hand auf den Arm gelegt.

Hab keine Angst. Schau über die Pisten hinaus, über die schneeweißen Gipfel bis zum Horizont. Gibt es etwas Schöneres auf der Welt? Ich liebe die Berge seit meiner Jugend, Skilaufen und Bergwandern sind meins. Auch du wirst die weiße Bergwelt lieben lernen.

Wie oft sind wir auf Brettern durch die weiße Winterwelt gezogen!
Stöcke und Bretter stehen nun im Keller. Doch ich bin sicher, dass ich im kommenden Winter allein in die Loipen des Nordschwarzwaldes gehen werde, wenn es genug Schnee gibt und meine körperliche Verfassung mitspielt. Da fühle ich mich sicher, da kenne ich mich aus, und als Langläuferin ziehst du sowieso allein deine Spur. Das traue ich mir zu. Viele andere sind auch allein unterwegs, wenn auch hauptsächlich Männer, wie ich im nächsten Winter dann sehen werde.
Macht nichts.

Bunt wird die Natur.
Leben lodert überall.
Doch ich – sehe nichts.

4 April

Geh´ hinunter in den Keller, öffne den großen Karton rechts unten auf dem Regal und nimm die braune Schachtel heraus, unsere Schatztruhe, zwanzig Jahre Reisen, die du auf Filme gebannt, mit deren Vorführung du Freunde erfreut und auf Wettbewerben zahlreiche Preise mit nach Hause genommen hast.

Immer wieder brachen wir auf, wohl wissend und mit deinem Maßstab vor Augen, dass uns nicht mehr allzu viel zeitlicher Spielraum blieb. Die Auswahlkriterien für eine Unternehmung lagen von vornherein fest und waren immer ziemlich gleich: Wandern in großer Höhe, mindestens ein Gipfelsturm, unterwegs zelten, Kultur, Religion und Geschichte des Gastlandes von einheimischen Begleitern erfahren und lernen. Kleine und größere Abenteuer gab es als Sahnehäubchen obendrauf.

Noch heute liegen viele Erlebnisse abrufbereit im Tresor meiner Erinnerungen. Vielleicht besser, man lässt mich gar nicht erst ins Erzählen kommen, denn ein Ende zu finden, fällt schwer.

Oft gibt es im Fernsehen ferne Länder, exotische Landschaften, fremde Völker zu sehen; was wir davon selbst schon erlebt und erfahren haben, lässt den Tresor aufspringen, will erzählt werden. Doch womit anfangen, womit aufhören?

Grönland zum Beispiel.

Im Abendlicht saßen wir mit neu gewonnenen Gefährten hoch oben auf einem Felsen, blickten auf das mit vielen Eisbergen unterschiedlicher

Größe bestickte Meer, als einer der weißen Kolosse sich plötzlich mit gurgelnden und schmatzenden Geräuschen in Bewegung setzte, eine Rolle seitwärts machte, hohe Wellen kreisförmig auf dem Meer verteilte und langsam wieder zur Ruhe kam. Du hast in großer Hast die Kamera hochgerissen, - natürlich war sie auch beim Abendspaziergang dabei -, und gefilmt. Gebannt verfolgten wir das grandiose Schauspiel. Mir war, als ob dieser weiße Riese lebte und uns ein Kunststück vorführen wollte.

Und dass du nicht nur uns beiden, sondern einer ganzen Gruppe damals das Leben gerettet hast, kann man nicht oft genug erzählen.

Du hast den Eisberg im Nebel vor uns entdeckt, als wir mit einer Nussschale von Boot unterwegs waren, weil du mittendrin gestanden bist und nach vorne aus dem Fenster geschaut hast mit deiner Kamera, um nur ja kein des Filmens wertes Ereignis zu verpassen. Wir andern saßen auf der Bank unterhalb der Fenster und bibberten vor Kälte, zumindest ich, der Bootsführer hatte seine Geräte und das seitliche Ufer im Blick. Dein Schrei, als aus dem watteweichen Nichts plötzlich ein grauer Eisriese vor unserem Schiffchen auftauchte, riss uns von den Bänken und elektrisierte den Kapitän; so konnte er gerade noch rechtzeitig das Ruder herumreißen, so dass nur der hintere Teil des Bootes einen leichten Schlag abbekam, nichts Wesentliches am Schiff beschädigt wurde, und wir die Fahrt fortsetzen konnten. Das war ein unglaublicher Schreck, alle haben durcheinandergeschrien. Da hattest du dein filmreifes Ereignis.

Natürlich habe ich überhaupt nichts gefilmt, das war ja klar. Ich hatte schlotternde Knie und zitternde Hände. Nicht auszudenken, wenn ich mit der Kamera gestürzt und sie beschädigt gewesen wäre. Furchtbar!
Wenn ich an diese Schiffsfahrt denke, kriege ich jetzt noch Schüttelfrost. Titanic ließ grüßen. Doch das blieb nicht der einzige kritische Moment.
Nein. Unsere Gruppe war gerade an einem steilen Abhang auf einem schmalen Weg unterwegs, als ein großer Stein, den ein Wanderer oberhalb von uns losgetreten hatte, geradewegs auf dich zuraste. Da blieb mir das Herz fast stehen. Ein Minischritt zur richtigen Seite rettete dein Leben.

Und dann Peru.

Wir zelteten in der Nähe eines Wasserfalls, der bei unserer Ankunft am späten Abend und während des hastigen Zeltaufbaus nur ein Rinnsal war, aber am nächsten Morgen in heftigen Kaskaden herabstürzte. So einen hastigen Aufbruch haben wir noch nie hinlegen müssen.

Drei Wochen lang waren wir in großer Höhe mit Zelten und einer einheimischen Mannschaft unterwegs. Keineswegs nur durch idyllische Landschaften. Mehr als einmal war uns der vorgesehene Weg versperrt durch Anlagen zum Abbau von Bodenschätzen. Da wollte man uns nicht haben, die hässlichen Seiten ihres Landes sollten wir Touristen nicht sehen. Schleunigst wurden wir auf eine Umgehungsstrecke gelotst, und bald wurden Betroffenheit und Nachdenklichkeit der Wanderer durch neue Eindrücke von der grandiosen Bergwelt überdeckt.

Bei einer Pause saßen wir an einem Wegesrand und schauten über gewaltige Bergketten hinaus in die Ferne. Als ich den Boden neben mir genauer betrachtete, fand ich zahlreiche, kleine Muscheln, die ich hoch erfreut aufsammelte, in den nächsten Tagen sollte ich noch mehr davon finden. Muscheln in über fünftausend Meter Höhe? Ich verstaute sie sorgsam, auf keinen Fall durften sie mir verloren gehen. Ein anschaulicheres Material für den Erdkundeunterricht zu Plattentektonik und Gebirgsauffaltung konnte ich nicht finden. Wo sind sie nur geblieben, die kleinen Muscheln?

Du siehst, das Archiv in meinem Gedächtnis ist sehr gut bestückt. Zum Beispiel Afrika.

So unendlich groß ist der Himmel, wenn man von der Spitze eines sehr hohen Berges hinabschaut, nach den Mühen des Aufstiegs, wenn das Land oder eine fast geschlossene Wolkendecke weit unter dir liegt.

So war es am Kilimandscharo, dessen höchsten Punkt wir nach fünf Tagen Bergwandern erreichten.

Ohne dich hätte ich den Gipfel niemals erreicht, das ist sicher.

Morgens um zwei Uhr begann der Gipfelsturm. Noch heute sehe ich das Glühwürmchen Band der Stirnlampen sich den Bergrücken emporschlängeln und höre die Rufe der einheimischen Begleiter. Dein roter Rucksack pendelte auf deinem Rücken immer hin und her, immer unmittelbar vor mir, ohne dessen Anblick ich meinte, zusammenbrechen zu müssen; er war meine psychologische Gehhilfe. Auf deinem Höhenmesser hast du die letzten hundert Meter für mich heruntergezählt, alle zehn Meter kam eine Höhenangabe, an deiner Stimme habe ich mich Meter um Meter emporgezogen, bis ganz oben; dann lagen wir uns in den Armen, in denen der Mitwanderer und einheimischen Begleiter.

Später sind wir an den hohen Gletscherwänden entlang hinabgetänzelt im Bewusstsein eines großen Sieges über immer dünner werdende Luft, über Kälte und Nebel, über steinige und schwer begehbare Wege, über Körper und Gemüt, die sich gegen die Strapazen auflehnten und mir die Frage „Warum tust du das alles?" immer wieder vorhielten; besonders des Nachts, wenn die Zeltplanen im Winde knallten, wenn der steinige Boden durch Isomatte und Schlafsack drückte und ungewohnte Geräusche um die Zeltwände strichen wie streunende Katzen.

Wie ein Spinnennetz hat dieses Abenteuer seine Fäden durch unser Leben gezogen, die immer wieder aufblitzten, wenn weitere Berggipfel uns erwarteten. „Weißt du noch, damals am Kili?" wurde zu einem geflügelten Satz in den kommenden Jahren. Und mein Film ist ja auch ganz gut geworden, nicht wahr?
Er war spitze.

Ich frage mich heute, warum die Erinnerung hauptsächlich das speichert, was positiv war, und die hässlichen Eindrücke vergessen lässt.
Der Massentourismus, auch auf die höchsten Berggipfel, setzte damals erst ein. Unsere Bergführer hatten für unsere Gruppe eine weniger begangene Route für den Gipfelsturm gewählt. Massentourismus wo? Wie? Ich sah niemanden, der da außer uns noch unterwegs war. Gehen, ste-

hen, atmen, gehen ...darauf war ich voll konzentriert, und darauf, deinen Anweisungen zu folgen.

Dabei gab es zur gleichen Zeit ganz sicher viele Gipfelstürmer aus allen Ländern der Welt, ablesbar an den hygienischen Verhältnisse im letzten Camp, denn die waren unbeschreiblich. Dabei waren diese Reisen sehr teuer, mussten doch auch Träger, Koch- und Zeltmannschaften, nicht zuletzt auch die Verpflegung bezahlt werden. Blieb da wirklich nichts für bessere sanitäre Anlagen übrig? Auf Trekkings in die Bergeinsamkeit des Himalaya wurden Gruben gegraben, Toilettenzelte aufgestellt und nach Abbruch des Camps alles sorgfältig zugeschüttet und abgebaut. Schon besser, aber wirklich gut? Ich bin nicht sicher.

Wie wird es heute auf solchen Reisen sein, würden wir sie heute, im Bewusstsein der geschändeten Natur, überhaupt noch unternehmen? Ein Bewusstseinswandel hat eingesetzt, auch bei mir.

Aber das Wort „Flugscham" gab es damals noch nicht.

Doch damals war damals und ist nun vorbei.

Kaum traute ich mich, dir mein Fotoalbum ins Krankenhaus mitzubringen und die Bilder von damals mit dir zusammen zu betrachten. Fürchtete ich doch, dass sie dir deine jetzige Schwäche allzu deutlich vor Augen führen würden. Außerdem lebten zwei Mitwanderer von damals, die uns zu Freunden geworden waren, inzwischen nicht mehr. Nun hast du dich zu ihnen gesellt. Das Fotobuch ist bei mir geblieben als kostbare Erinnerung an beschwerliche, aber glückliche Tage zu zweit.

Zum Beispiel in Tibet.

Wenn du nicht gewesen wärst, wäre es für mich nicht immer höher und höher hinaufgegangen, bis wir eines Tages auf über sechstausend Meter Höhe standen, uns an den Händen hielten und gegen den Schneesturm stemmten. Das karge, steinige Gebirgsland empfing uns kein bisschen freundlich, sondern zeigte uns seine eiskalte Schulter. Ganze Gebirgshänge waren abgestürzt, Wassermassen rauschten über Straßen und Wege, rissen alles mit sich fort, donnerten hinab in tiefe Schluchten. Kaum konnten wir über Umwege unsere Route wiederfinden und mussten höllisch aufpassen, wo wir unsere Füße hinsetzten. Welche kraftvolle, nicht zu bändigende Natur! Für uns Mitteleuropäer, nicht an solche Naturgewalten gewöhnt, wurde das Gehen zu einer ultimativen Herausforderung, die höchste Konzentration erforderte.

Und dann auch noch ein Erdbeben, das mich mitten in der Nacht von der Luftmatratze hochjagte. Kerzengerade saß ich, wusste nicht, was tun, rausstürzen oder drinbleiben im Zelt? Die Erde grummelte, aus den anderen Zelten ringsum waren auch Stimmen zu hören. Noch ein Zittern des Bodens, dann blieb es ruhig, vorsichtig legte ich mich wieder hin, als ob ich einen weiteren Erdstoß damit verhindern könnte. Und du, was hast du gemacht?

Geschlafen natürlich.
Unglaublich.
Aber es gab auch entspannte Tage.

Ich erinnere mich oft an den Moment, auf den wir nach stundenlangem Wandern ungeduldig warteten; den Moment, an dem sich, nach Auskunft der einheimischen Begleiter, der Mount Everest uns zum ersten Mal zeigen würde. Die Kamera hielt ich schussbereit in der Hand. Als der weiße Riese dann endlich unsere Geduld belohnte und gnädig die Wolkenschleier vor seinem Antlitz fortriss, hielten wir den Atem an. So ein unbeschreiblich majestätischer Anblick des höchsten Berges der Welt! Für uns stand die Zeit minutenlang still. Ich hielt deine Hand und vergaß doch tatsächlich das Filmen für einen langen Moment. Das wollte wirklich allerhand heißen.

Viel haben wir damals gelernt auf jenen Fernreisen, Stichwort: Vulkanismus in Indonesien.

Als ich damals meine Hand in eine Erdspalte schob und die aufsteigende Wärme spürte, als wir auf dem Rand eines Vulkans standen und in die rauchende, glühende Mitte blickten und weiter entfernte Vulkane ihre Häupter aus dem Nebel schoben, wurde die Lebendigkeit und Wandelbarkeit unserer Erde so richtig spürbar. Einige der Vulkane, auf deren Kraterrändern oder zu deren Füßen wir standen, sind in den kommenden Jahren ausgebrochen. Haben wir wirklich nur Glück gehabt? Wenige Jahre später waren die Zeitungen voll von Katastrophenbildern und – berichten. Der pazifische Feuerring der Erde, er lag damals unter unseren Wanderstiefeln.

Dazu die reiche Kultur des Buddhismus und Hinduismus, deren größte Denkmäler, Prambanan und Borobudur, heute Weltkulturerbe sind. Die einheimischen Führer waren exzellent, ihren Geschichten von Brahma und Buddha zu lauschen, wurde nie langweilig. Wir lernten so viel. Und deine Kamera lief heiß.

Das Größte war aber, als ich in Australien, neben dem Piloten in einem Hubschrauber sitzend, der mit uns über den Ayers Rock und die Kata Tjutas flog, filmen durfte. Ein Wahnsinnserlebnis!

Uluru, der heilige Berg der Aborigines, beschäftigte mich schon vor der Reise. Ich hatte viel über die Mythen der Ureinwohner gelesen, über die Pfade der Ahnen, über die Traumzeit. Schweigend wanderten wir unter heißer Sonne und ewigem Wind um das Naturwunder Uluru herum und ließen uns von dem besonderen Ort schaudernd anrühren. Aber das armselige Leben der Nachkommen der Ureinwohner, geprägt von Arbeitslosigkeit und Alkohol, war auch nicht zu übersehen.

Und dann Kanada.
Erinnerst du dich an deine Aufregung, zum ersten Mal im Leben ein Wohnmobil zu lenken?

Und ob! Ich hatte ziemliche Sorge, ob ich das bewältigen würde. Das Womo war doch etwas anderes als mein kleiner smart. Doch bald hatte ich mich daran gewöhnt und habe es genossen, so hoch über dem schnurgeraden Band der Straße zu thronen, das große Lenkrad zwischen meinen Händen. Rechts und links fingen hinter einem breiten, mit niederen Sträuchern bewachsenen Randstreifen die endlosen Wälder an. Nicht ein Auto, soweit man sehen konnte, nur ab und zu kam uns ein anderes Wohnmobil mit freundlich winkenden Amerikanern oder Kanadiern entgegen. Für uns Europäer war es nicht zu fassen, wie leer ein Land sein konnte. Ich erinnere mich, und du dich sicher auch, wie die Bären neben der Straße an den Sträuchern die leuchtend roten Früchtchen, die Cranberrys, abknabberten. Wir lernten schnell: Ein schwarzer dicker Fleck zwischen den Sträuchern bedeutete mit höchster Wahrscheinlichkeit, dass dort ein Bär bei einer leckeren Mahlzeit hockte.

Und dann das kleine schwarze Bärchen, das direkt vor unserem Fahrzeug über die Straße flitzte und im Nu auf dem nächsten Baum war.
Wir hatten gerade am Straßenrand angehalten, und so konnte ich sofort die Kamera hochreißen und filmen. Tolle Aufnahmen sind das geworden. Später im Camp meinte ein Ranger, dass höchstwahrscheinlich die Mutter im Gebüsch saß und dem Kleinen den Befehl zum Hochklettern gegeben hatte, weil sie Gefahr witterte. Meinte sie etwa uns?
Erinnerungen.

Im Krankenhaus hast du gelächelt, als ich von den wunderbaren Campingplätzen schwärmte, vom Rafting, vom Grizzlybären, der auf einer Höhe jenseits des reißenden Flusses hoch aufgerichtet stand. Von der Elchkuh mit den sanften Augen, die direkt am Straßenrand frisches Grün abrupfte. Lange redeten wir von den Lagerfeuern in der Abendsonne. Wir wussten, dass in der Dunkelheit wilde Tiere umherschlichen und uns beobachteten. Aufregende Tage und Nächte.
Und erst das Goldwaschen.

Ich sehe dich im niedrigen, fließenden Wasser stehen, über die Sieb-schüssel gebeugt, beim Schwenken nach dem kleinsten Glitzern Ausschau haltend, das ein Goldkörnchen anzeigen würde. Die Fläschchen mit den winzigen Goldkörnchen waren, als wir im Krankenhaus darüber redeten, immer noch in unserem Besitz. Bis zu deinem Tod und meinem Umzug, seitdem sind sie verschwunden. Oder noch in einem der Kartons vergra-ben. Es ist gut so, denn sie gehörten zu einem Leben, das wir gemeinsam durchwandert haben. Einen wunderbaren Film hast du aus dieser Reise gemacht, der zu Recht bei einem Filmwettbewerb preisgekrönt wurde.

Wann werde ich deine Filme ansehen können, allein, ohne dich, ohne dass alle die schönen Bilder und deine Stimme, mir so vertraut, in Tränen ertrinken?

Heute jedenfalls noch nicht.

„Eine Reise in die weite Welt ist immer auch eine Reise ins eigene Ich."

Du positionierst dich selbst neu in deiner Alltagswelt, in deiner gewohn-ten Umgebung; vor dem Hintergrund des Gesehenen und Erlebten ver-gleichst und beurteilst du bewusst und unbewusst und veränderst dich selbst unmerklich. Du erfährst aus eigener Anschauung, dass die Erde lebt und im ständigen Wandel begriffen ist; was du gerade noch ehrfürch-tig bewundert hast, kann von Naturgewalten hinweggefegt sein, kaum, dass du zu Hause aus dem Flugzeug gestiegen bist.

Nicht zuletzt hatte ich Stoff für viele Unterrichtsstunden in Geografie und du eine reiche Ausbeute an Material für super Filme.

Jetzt muss ich dich mal fragen: Wäre es so weitergegangen mit Reisen in die Ferne, wenn du nicht **gestorben wärst?**

Ehrlicherweise müssten wir zugeben, dass es nicht so weitergegangen wäre, dass wir schon seit einiger Zeit dabei waren, uns zurückzunehmen, unsere Kreise enger zu ziehen; nicht nur der eigenen Gesundheit zuliebe, sondern auch aus Rücksicht auf Mitreisende, denn auf einsamen Berg-

pfaden galt immer: mitgehangen, mitgefangen. Unseretwegen Rücksicht zu nehmen, wollten wir niemandem zumuten. Gemeinsam haben wir entschieden, die großen Fernreisen abzuhaken, deshalb war es auch nur halb so schlimm.

Die Aprilsonne verkündet den Frühling mit Macht. Wieder sitze ich draußen und genieße die Wärme. Es dauert gar nicht lange, und mein neuer Freund schwebt über mir und begrüßt mich, indem er eine Weile schaukelnd auf der Stelle verweilt, dann segelt er davon.

Der Schmerz nimmt mal wieder Anlauf. Das alles kann nicht wahr sein, denke ich dann wieder, das ist nicht mein Leben, auch wenn die Aussicht von meiner Terrasse noch so schön ist. Es ist nur ein schlechter Traum, wenn auch ein sehr hartnäckiger. Ich taumele wie ein Grashalm im Wind zwischen Ablehnung und Akzeptanz der Wirklichkeit, zwischen „Ich will nicht" und „Ich muss". Noch schwankt der Boden unter meinen Füßen, mein Gang durch die Stunden des Tages ist unsicher wie der Weg über weichen Sand.

Das wird schon, würdest du tröstend sagen, und von heute her gesehen ist klar, du hättest Recht gehabt.

Manchmal, wenn ich spazieren gehe, hadere ich mit dir wie Prometheus mit Zeus. Dann schleudert meine Stimme wütende Parolen in den Frühlingshimmel: Du bist schuld, schimpfe ich, habe ich dieses Leben etwa gewollt? Nein, du hast mir dieses ungeliebte Singledasein eingebrockt. Alles muss ich allein machen, überall alleine hingehen, keiner schert sich um mich …Und so weiter und so fort.

Wieso fanden unsere Diskussionen so oft in der Küche statt? Und dann noch im Stehen, das konnte ich noch nie leiden. Wie fast jedes Mal ging es um deine Vorsorgeuntersuchungen. Richtig aufmüpfig wurdest du dann.

Du hast gehört, was J. heute Morgen erzählt hat. Er geht wieder zur Vorsorge.

Na und, lass ihn doch.

Es wird allerhöchste Zeit für dich und diese Untersuchung, sie ist schon lange überfällig.

Brauche ich nicht, ich bin doch in F. gründlich untersucht worden.

Aber das liegt schon ein paar Jahre zurück.

Ach, lass mich doch, die Ärzte finden immer was!

Was soll das denn jetzt? Wir sind doch nicht im Kindergarten.

Ich will nicht. Basta.

Hast du wirklich Angst vorm Arzt gehabt? Ich kann es immer noch nicht fassen. Einen richtigen Krach haben wir wegen deines ewigen Neins gekriegt, damals in der Küche, und sag jetzt nicht, du weißt das nicht mehr. Hätte ich dich etwa prügeln oder mit vorgehaltener Pistole zwingen sollen? Ganz abgesehen davon, dass ich gar keine habe. Als ich irgendwann unsere harmonische Beziehung in Gefahr sah, habe ich aufgehört zu reden. Zu früh?

Warum, warum, hättest du doch, wärst du doch …

Und nun? Jetzt stehe ich allein da, und du bist schuld.

Die Luft voll Musik,
hebe die Augen und sieh:
Vögel sind Freunde.

5 Mai

In den letzten Wochen war ein Plan in mir gereift; immer wieder habe ich ihn in Gedanken hin und her gewälzt und letzten Endes für gut befunden: Ich würde die Reise nach Langeoog, die wir gemeinsam geplant haben, allein machen. Nein, nicht allein. Du wirst mit mir sein, wir werden zusammen wandern und auf einer Bank sitzen, uns den Wind um die Ohren brausen lassen, den heißen Tee im Straßencafé genießen. Nur mit der Vorstellung, dass du bei mir bist, kann ich auf diese Reise gehen; zu denken, dass ich mich mit jedem Bahnkilometer von dir entferne, wäre nicht gerade tröstlich. Denn vor einem Jahr wollten wir gemeinsam hierherreisen, für zwei unbeschwerte Wochen eintauchen in Sonne und Wind, wandern zwischen Meer und Dünen, den Geruch des salzigen Meerwassers einatmen. Wollten.

Es kam anders. So sehr anders, so unvorstellbar anders, dass ich nun die Reise allein machen muss, für dich und mich.

Im Nachhinein frage ich mich, was uns so optimistisch gemacht hat, Reisepläne zu schmieden, denn in jenen Wochen warst du ja nicht mehr gesund. Vielleicht wollte ich einfach nicht wahrhaben, dass Reisen in jenen Tagen schon unmöglich waren, von da an für immer und alle Zeit; vielleicht habe ich die Realität verdrängt, weil ich so gerne plane und unterwegs bin; vielleicht haben wir beide uns etwas vorgemacht, wollten dem anderen die Träume nicht zerstören.

Das Schicksal hat gegen uns entschieden, die Waagschale des Lebens sich zur falschen Seite geneigt.

Ich werde dir alles erzählen, was ich sehe und höre, schmecke und rieche. Ich bin dein Auge und Ohr, du wirst mit mir gehen, neben mir oder vor mir, wie wir es zwanzig Jahre lang getan haben; nebeneinander auf Wanderpfaden, hintereinander, wenn es steil den Berg hinauf ging. So werden wir es wieder halten. Ich werde nicht einsam sein, wie ich es sonst oft, eigentlich immer bin, seitdem du mich verlassen hast, seitdem ich nur dein Grab mit dem schmalen Holzkreuz besuchen kann, auf dem Bänkchen am Weg sitze, mit dir rede. Dich stören meine Tränen nicht.

Jetzt, acht Monate nach dem von uns gemeinsam geplanten Reisetermin, steht mitten in der Ferienwohnung der große Koffer, der auch dieses Mal schon vorausgereist war. Zum zweiten Mal hat er die Reise auf die Insel gemacht, er kennt sich aus. Als deine nächste Einweisung ins Krankenhaus kam, ich nicht ahnte, dass es die letzte und endgültige sein würde, waren unsere Koffer seit vierundzwanzig Stunden unterwegs, und ich musste sie zurückbeordern.
Es folgten zermürbende Wochen der Auseinandersetzung mit der Versicherung wegen des Reiserücktritts. Ich habe dir nur wenig davon erzählt.

Nun also diese Insel vor der Nordseeküste.
Im Nachhinein bin ich mir sicher, dass ich dieses Geräusch in meinem Leben noch nie gehört habe.
Wie ein Schwert durchbohrt es die beschauliche Landschaft aus weiten Wiesen, sandigen Senken, hügeligen Hecken; es lässt mich zusammenzucken. War ich doch ganz in die Betrachtung dieser Insellandschaft versunken, in der ich zwei Wochen verbringen würde.
Ruckartig richte ich mich auf, starre durch die Fensterscheibe, um den Urheber dieses rostigen Tones zu entdecken, sehe kurz das bunte Gefieder eines großen Vogels neben den Schienen, dann ist der kleine Zug, der mich zu meinem Urlaubsziel bringt, an ihm vorbeigeschlichen. Ungerührt tuckert er weiter durch die Landschaft. Da, noch so ein bunter und unmu-

sikalischer Rufer. Die Vögel kennen die Bahn, die, mit ihren verschieden farbigen Waggons einer Spielzeugeisenbahn sehr ähnlich, mehrmals täglich zwischen Bahnhof und Hafen verkehrt; unbeeindruckt schreiten sie direkt neben den Schienen entlang, ihren tuschkastenbunten Mantel hoch erhobenen Hauptes zur Schau stellend.

Ich recke den Hals. Mit dem Finger zeige ich nach draußen, will die Dame mir gegenüber auf den überraschenden Vogel aufmerksam machen. Sie nickt und lächelt mir nachsichtig zu wie einem kleinen Kind, das zum ersten Mal in seinem Leben im Zoo einen Elefanten bestaunt. Weiter rollt der Minizug. Dass Fasanen hier zu den Inselbewohnern zählen, habe ich nicht gewusst. Du?

Dann schleicht das Bähnchen in den Bahnhof. Ich werde von meinem Pensionswirt ganz zünftig mit einem Lastenfahrrad abgeholt, denn Autos dürfen nicht auf der Insel fahren; bald habe ich mein Quartier erreicht. Unser Quartier.

Der erste Morgen auf der Insel. Ungewohnte Geräusche wecken mich, machen mich neugierig auf den kommenden, ersten Tag. Fremde Stimmen im Hof. Schnell stehe ich auf, bin trotz aller Trauer erwartungsfroh. Mit einem Ruck ziehe ich die Gardinen zur Seite, so dass die Sonne mit einem Satz ins Zimmer springt. Neugierig linse ich hinaus. Die Büsche vor dem Fenster tanzen und toben, denn es weht ein kräftiger Wind; nicht so ein laues Lüftchen wie bei uns. Nein, ein richtiger Seewind eben, der nicht zimperlich ist und mir zuruft: Gewöhne dich mal gleich an mich!

Du und ich, wir beide mochten diese würzige, wilde Luft, die wir schon bei anderen Aufenthalten an der See kennengelernt hatten, nicht wahr?

Ach, du meinst St. Peter-Ording, die kleine Stadt, die so tut, als ob sie am Meer liegt.

Natürlich, das musste jetzt kommen. Ich lache und schüttle den Kopf.

Das Meer ist ja gar nicht zu sehen, wo ist es überhaupt? Da hinten? Da müssen wir ja noch eine Ewigkeit laufen.

Heute noch sehe ich dich vor mir, wie du in diesem anderen Badeort stundenlang am Wassersaum entlang spaziert bist und nach Muscheln und anderem Strandgut Ausschau gehalten hast, das dir des Aufhebens wert erschien. Weithin leuchtete dein gelber Anorak. Wir gewöhnten uns an die heftigen, sturmgepeitschten Regengüsse, zogen die Kapuzen über den Kopf und wanderten weiter. Barfuß, denn die Schuhe wurden am Rucksack befestigt oder an den zusammen gebundenen Schnürsenkeln um den Hals gehängt. Harte, schwere Regentropfen prallten vom festen Sand zurück und trafen schmerzhaft die nackten Knöchel. Endlich tauchte eine Strandhütte auf mit der Verheißung von wärmendem Tee.

Ach ja.

Entschlossen wische ich Erinnerungen beiseite. Auf meinem Tablet kann ich neuste Nachrichten aus aller Welt lesen. Wieder sind es Katastrophenmeldungen, sei es ein Anschlag auf die Metro in St. Petersburg oder auf Kirchen in Ägypten.

Doch meine eigene Katastrophe war mir noch im Gedächtnis, als ob sie gestern gewesen wäre.

Damals, im anderen Leben, sprang ich aus dem Bett, als das Telefon am frühen Morgen die schläfrige Stille zerriss, bleiernes Grau noch im Zimmer lag und den Tag vor mir verbarg; als das Klingeln mir in den Magen fuhr, die schlimmstmögliche Nachricht ankündigend, bevor ich den Hörer überhaupt aufgenommen hatte. Zitternde Beine, klopfendes Herz bis zum Hals, ich musste mich auf den Bettrand setzen, konnte kaum den Hörer halten.

So war es also geschehen. Das Endgültige, Unumkehrbare.

Nur ein Gedanke war in mir: Ich muss so schnell wie möglich zum Krankenhaus. Glaubte ich, dich festhalten zu können? Halten wollte ich dich, nicht loslassen, nicht hergeben, nein, es durfte nicht sein.

Du sahst aus, als ob du schliefst. Die Gesichtszüge entspannt, der Kopf leicht nach vorne gesunken. Man hatte deine Hände gefaltet um ein paar kleine Blumen, eine Kerze brannte auf dem Tisch. Ich hielt dich in den

Armen, flüsterte dir in deinen Schlaf, aus dem du nie mehr aufwachen würdest, alle Worte, die in unserem Leben Bedeutung gewonnen hatten. Weißt du, in dem Moment begriff ich gar nicht so richtig, was geschehen war, du warst ja da, du schliefst einfach nur…

Bis eine Schwester kam und mich zwar freundlich, aber auch auffordernd ansah. Gewiss, der Betrieb sollte ja weitergehen; da musste ich funktionieren. Deine Kleidung aus dem Schrank nehmen, nur nichts vergessen, auch deine Sachen aus dem Bad holen, den Bademantel vom Haken nehmen. Leise sein, deinen Schlaf nicht stören. Stehen bleiben, dich ansehen, wieder in die Arme nehmen. Das Zimmer verlassen im Wissen, wieder zurückkommen zu können, wenn ich mit dem inzwischen auch eingetroffenen Sohn eine Tasse Kaffee getrunken und etwas gegessen hätte. Ja, gewiss, wir würden ja zurückkommen …

Ich sehe mich in der kleinen Küche der Ferienwohnung um. Kaffeemaschine, Kaffeepulver, Filtertüten … Ich setze mich mit Kaffeetasse und Brotteller an den kleinen Tisch am Fenster, schaue in das Gärtchen mit dem Strandkorb, in dem ich in den kommenden Tagen ganz zünftig frühstücken werde, wenn das Wetter es zulässt. Du wirst neben mir sitzen, der Platz reicht locker für zwei, schließlich sitzen wir nicht zum ersten Mal in einem Strandkorb.

Ich schaue hinaus. Ein frischer Wind lässt die Blätter in den Büschen tänzeln. Er treibt dicke Wolken vor sich her, sie fliegen wie von Furien gehetzt durch den blauen Himmel. Die Sonne scheint durchs Fenster und lockt mich. Ich überlege, was ich alles in den Rucksack tun muss für einen ganzen Tag Unterwegssein. Nicht anders kenne ich es an der See: Am Vormittag aufbrechen, sich den ganzen Tag über die Insel treiben lassen und am späten Nachmittag oder frühen Abend zurückkehren.

Hast du auch nichts vergessen?

Nein, ich habe schon noch im Kopf, was du mir beigebracht hast: Regen-
jacke, Regenschirm sind unabdingbar, dazu Sitzkissen, Getränk und kleine
Verpflegung, Brille und Buch stecke ich auch in den Rucksack.
Dann ist alles gut.
Mach dir keine Sorgen, ich bin doch trekkingerprobt.
Den Wohnungsschlüssel auf keinen Fall vergessen!
Die Tür fällt hinter mir zu.

Erst als die Tür ins Schloss fiel, wurde mir damals klar, dass ich in dieses
Krankenhauszimmer, das mir so vertraut geworden war, nie mehr zurückkommen, dass ich dich nie mehr so im Bett liegen sehen würde. Noch
einmal habe ich dich in die Arme genommen und dir Liebesworte zuge-
flüstert. Dich loszulassen schien mir unmöglich, ich glaubte, es würde
mich zerreißen. Wieder betrat eine Schwester das Zimmer. Da nahm ich
die schwere Tasche und deine Jacke, drückte auf dem Flur beides dem
Sohn in den Arm und zog die Tür leise zu. Für immer.
Die Routine der vielen Besuchswochen hatte mechanisches Handeln er-
zeugt: Fahrstuhl holen, Gepäck einladen, Parkschein entwerten, zum Auto
gehen.
Nach Hause fahren. War es denn noch ein Zuhause?
Dann fielen Jacke und Tasche auf den Fußboden. Heute noch sehe ich
mich auf dem Sofa im Wohnzimmer sitzen, reglos. Es war nichts in mir
und nichts außerhalb, mein Leben hielt den Atem an. Alltagsgeräusche
drangen nicht zu mir durch. Vielleicht gab es den flüchtigen Gedanken:
Wenn ich mich nicht rühre, ist nichts geschehen. Bis von irgendwoher die
Gewissheit heranflog und in jede Faser meines Körpers und Verstandes
eindrang wie Gift: Er kommt nicht mehr zurück. Nie mehr. Von nun an
wirst du hier immer allein sitzen. Für immer allein.
Drei kleine Wörter, die die Seele blutig ritzten.
Was das Wort Alleinsein wirklich bedeutet, haben mich die folgenden
Wochen und Monate schmerzhaft gelehrt. Leere Stunden, stille Zimmer

und einsame Wege waren strenge Lehrer. Und sind es immer noch. Dass ein Partner allein zurückbleibt, haben wir im Bekanntenkreis mehrfach erlebt; man bleibt jedoch an der Peripherie des Schicksals der anderen; doch was Alleinsein wirklich bedeutet, lehrt dich nur das am eigenen Leib erfahrene.

Die Nacht badete in Tränen. Bilder flogen durch die Dunkelheit heran und jagten mich hoch: dein Gesicht wie schlafend, die gefalteten Hände, die Kerzen und immer wieder der eine Gedanke: Warum war ich die Nacht zuvor nicht bei dir geblieben? Habe deine Hand gehalten, dich gestreichelt? Diese Fragen werden mich bis an mein Lebensende begleiten, ich weiß es.

Du bist im Morgengrauen gegangen, hat die Schwester gesagt. Als ich fort war.

Das Grau des heraufziehenden Tages drängte die tränengeflutete Nacht beiseite. Der erste Kaffee allein, die erste Zeitungslektüre allein. Die Seiten wurden feucht. Doch die Uhr tickte die Sekunden und Minuten unbarmherzig weiter, forderte Überlegungen ein, was getan werden musste. Ich legte die Zeitung zur Seite.

Die Bäckerei habe ich schnell gefunden, auch den kleinen Supermarkt, in dem es alles gibt, was ich für den täglichen Urlaubsbedarf brauche. Hallenbad, Gästezentrum, alles ist nah beieinander. Ich studiere die Aushänge, um für mich Interessantes zu finden. Yoga gibt es, das könnte ich mal ausprobieren. Lach doch nicht, ich wollte es schon immer mal üben, das weißt du doch. Der Shantychor tritt auf. Wann und wo? Ich versuche mir die Termine zu merken, um sie zu Hause in meinen Terminkalender einzutragen.

Da rechts liegt das Haus des Malers. Ich bleibe vor den Fenstern stehen, studiere die Auslagen und Aushänge. Der Künstler, der Malkurse für Urlauber gibt, hat die Arbeiten seiner Schüler ausgestellt, meistens Landschaftsmotive. Natur zum Mitnehmen.

Hier wollte ich einen Malkurs machen, hatte mich von J. beraten lassen, der so toll malen kann, und alle notwendigen Utensilien in den Koffer gepackt. Und hatte mich schon so darauf gefreut. Neben dem Filmen wollte ich mal etwas anderes ausprobieren. Wir hatten uns vorgestellt, deine Geschichten mit meinen Bildern zu ergänzen, das schien uns ein sehr reizvolles Projekt zu sein.

Nichts ist mehr daraus geworden.

Jetzt betrachte ich in den Auslagen die Arbeiten anderer Urlauber; die Vorstellung, Bilder von dir würden dort ausgestellt sein, tut weh, ich gehe lieber weiter. Der Tränenpegel steigt mal wieder. Das Wissen darum, wie es hätte sein können und doch nicht geworden ist, zieht ätzende Rillen durch mein Herz. Doch die Strategie der großen Sonnenbrille hilft auch hier.

Lange, bevor ich es sehen kann, rieche ich das Meer und höre sein Rauschen. Immer der Nase und den Ohren nach, über den schmalen, gepflasterten Weg durch die Dünen und über eine Kuppe, - dann schweift der Blick über einen breiten Strand hinaus auf die blaugraue Nordsee, läuft am Horizont entlang erst zu der einen, dann zu der anderen Seite, kehrt über die Wellen zurück zu meinen Füßen. Ich ziehe die Schuhe aus, knote die Schnürsenkel zusammen und hänge das Paket über meinen Rucksack. Auf diese Weise haben wir in Tibet die Stiefel trocken durch reißende, eiskalte Bäche gebracht.

Ich setze mich in eine windgeschützte Ecke vor den Dünen auf den Sand und schaue hinaus aufs Wasser. Die Wellen kommen und gehen ...

Nein, du konntest nicht mehr reisen, denn das Fieber kam und ging wie die Wellen am Meer. Wenn du zu Hause warst, schöpften wir Hoffnung, machten Pläne für kleine Spaziergänge, gingen in den Wald an den Parkseen, saßen Hand in Hand auf einer Bank und waren froh, zusammen zu sein. Wie schnell haben wir doch Abschied davon genommen, die ganze Runde um alle drei Seen zu gehen, froh darüber, einen oder einen halben zu schaffen und danach in der warmen Sonne zu sitzen. Trügerische Hoffnung. Bald fing das Fieber von neuem an zu steigen. Ich nahm den Kampf wieder auf, holte Rezepte vom Arzt, Medikamente aus der Apotheke, machte Wadenwickel, bis nichts mehr half, der Krankenwagen wieder vor der Tür stand, und ich dich im Klinikbett wiederfand. Wie oft wiederholte sich dieses grausame Spiel? Ich weiß es nicht mehr. Fieberwellen wie Meereswellen.

Wir wussten die Situation nicht zu deuten, bis man uns mit der Diagnose für dieses Zustandsbild konfrontierte. Heute weiß ich, dass du gar nicht mehr verstanden hast, was all die Erklärungen der Ärzte bedeuteten. Es war dir zu anstrengend, du lagst da mit geschlossenen Augen, die Worte rauschten an deinem Ohr vorüber wie das Meer. Gott sei Dank.

Doch ich verstand nur zu gut und wollte doch nicht hören, was ich hören musste. Nur die Hoffnung nicht aufgeben, dachte ich verbissen, ließ dich in ein anderes Krankenhaus zu einem anderen Arzt bringen. Glaubte ich, dieser sei Gott? Er war es nicht.

Ich lasse das ewige Rauschen in meinem Rücken zurück und suche ein Straßencafé auf für einen heißen Tee und ein Stück Ostfriesenkuchen, schaue den Menschen zu, die durch die Straße bummeln oder mit dem Rad fahren, betrachte Eis schleckende Familien und beneide ältere Paare, die gemächlich Arm in Arm an den Schaufenstern vorüberschlendern. Ich bin allein. Im Schutz der Sonnenbrille.

Es würde dir hier gefallen, Liebster, so gemütlich und ruhig, wie das Urlauberdasein in diesem Ort vor sich geht. Keine Autos, keine Hektik, nur vor den Radfahrern müssten wir uns in Acht nehmen, die sind überall, aber das würden wir schnell lernen. Und den fantastischen ostfriesischen Butterkuchen würdest du lieben.

Hm, lecker. Die einfachen Kuchen waren mir ja immer die liebsten, ohne viel Schnickschnack. Unzählig viele Schokoladenkuchen hast du für mich gebacken und meine Lieblingsplätzchen, auch mit Schokolade, durchs ganze Jahr. Alle Tage Weihnachten.

Ich kaufe noch das Nötigste ein, dann mache ich mich auf den Heimweg zu unserem Quartier. Wohnzimmer, Schlafzimmer, Kochnische, ein kleines Bad. Was brauche ich mehr? Es ist gemütlich hier drinnen, wenn der Sturm draußen bleibt.

Doch in mir stürmt es.

Allein vor dem Fernseher sitzen, keine Kommentare abgeben, sich nicht aufregen können, keine Zustimmung oder Ablehnung erfahren. Trump mal wieder oder Erdogan in der Türkei. Was sind Kommentar und Empörung ohne Widerhall von dir?

Kein Echo auf meine Worte, nie mehr.

Du wirst dich daran gewöhnen, sagen die einen, vielen geht es so wie dir, sagen die anderen. Aber ist das ein Trost? Ich habe gelesen, dass der Verlust eines geliebten Menschen für den zurückbleibenden auch einen Gewinn bedeutet; dass man an ihm wächst und zu neuer, innerer Reife und damit zu einem besseren Leben gelangt. Was redet der denn da? In mir sträubt sich alles: Innere Reife, am Kummer wachsen, besseres Leben. So ein Unsinn!

Während ich mit hochgelegten Beinen vor dem Fernseher sitze, denke ich daran zurück, wie oft ich an jenen Tagen, die du zu Hause warst, treppauf und treppab gelaufen bin, je nachdem, wo du dich gerade aufhieltest, entweder oben im Sessel oder unten im Bett. Dann holte ich von unten Tabletten, eine warme Jacke oder ein Buch. Warst du unten, brachte ich dir Tee und Kekse, die Zeitung, die Tabletten. Rauf und runter, den ganzen Tag.

Der Gedanke wuchs, umzuziehen, in meine eigene kleine, zurzeit vermietete Wohnung. In meinem Kopf hatte ich schon dein Bett im Wohnbereich aufgestellt, mit Blick zum großen Fenster, von wo man weit über die

Stadt schauen kann. Die Wege in Küche und Bad wären ganz kurz gewesen. Hier in der Ferienwohnung sehe ich, wie bequem es ohne Treppe sein kann; vom Wohnzimmer in die Küche, von der Küche ins Bad oder ins Schlafzimmer. Diese Möglichkeit gärte in mir wie aufgehender Hefeteig. Aber im Laufe der nächsten Wochen wurde mir klar, dass ich diese Aufgabe, dich zu pflegen und zu versorgen, nicht würde bewältigen können. Die Realität war eine andere.

In der Information des kleinen Ortes besorge ich mir einen Stadtplan und studiere die Straßen und vor allem die Wege zum Meer. Jeden Tag werde ich in eine andere Richtung wandern, auf Bänken sitzen, dem Singsang des Windes und den Stimmen der Vögel lauschen, den Duft des Meeres und der Landschaft schmecken.
Nach dem bunten Gesellen Ausschau halten, der mich mit seinem schrillen Schrei empfangen hat, und nach seinen Artgenossen. Viele davon soll es hier geben, haben mir die Wirtsleute erzählt, und ich bin gespannt, wann und wo ich den nächsten hören und sehen werde. Am Ende der Inseltage werde ich viele von ihnen zwischen Sträuchern entdeckt und mich an ihrem bunten Federkleid erfreut haben.
Ich sage dir, sie wollen mich wirklich zum Narren halten.

Sie spielen ihr Spiel mit dir. Du solltest dich freuen.
Glaube ich, einen schrillen Schrei in meinem Rücken gehört zu haben und drehe mich schnell um, ist da nichts mehr, ich sehe nur noch Schwanzfedern hinter einem Busch verschwinden. Jetzt lächelst du.
Sie gewinnen immer.

Eine Familie radelt an meiner Bank vorbei, mit kleinen Kindern auf Fahrrädern, laut gegen den Wind schreiend und rufend. Da fliegen meine Gedanken sofort davon.

Was hat sich das Schicksal dabei gedacht, dass es das Kind auf die Welt kommen ließ, als der Tod sich auf den Weg zu deinem Bett machte? Im selben Krankenhaus, nur zwei Etagen tiefer als dein Krankenzimmer, erblickte unser Enkel das Licht der Welt, während du dich langsam aus ihr entferntest. Alpha und Omega, Anfang und Ende des Lebens traten mir noch nie so brutal vor Augen wie hier im Krankenhaus mit zwei Menschen, die mir nicht näher sein konnten. Nein, die Zeit war nicht dazu gemacht, uns glückliche Großeltern werden zu lassen.

Was hatte ich nicht schon alles für Pläne, was wollte ich nicht alles mit dem Kleinen bauen, seitdem feststand, dass es ein Junge werden würde. Technische Meisterwerke, gebaut aus der Fischer Technik meiner Kindheit, die, sortiert in Kartons, unter einem Bett lagerten, schwebten schon vor meinem inneren Auge, lange, bevor das Kind geboren war.

Das jahrzehntelange Lagern der Materialkisten erhielt einen neuen Sinn. Doch ich ahnte bald: Nichts davon würde wahr werden.

Ich erinnere mich, dass du mich im Rollstuhl zum Zimmer von Mutter und Kind gefahren hast, damit ich einmal von der Tür her das Neugeborene sehen konnte. Ich war, glaub ich, erkältet und durfte nicht näher an das Bettchen heran.

Doch bevor Mama und Kind das Krankenhaus verließen, kamen beide für wenige Minuten auf deine Station, obwohl das eigentlich verboten war. Eine barmherzige Schwester machte es möglich. Du hast dem Baby in sein kleines, schlafendes Gesichtchen gesehen. Das Lächeln um Deinen Mund hat mich zu Tränen gerührt. Nie mehr habe ich es vergessen.
Einmal nur. Verdammt noch mal.

Rauer Wind streicht über meine Wangen und erinnert mich an das Streicheln deiner oft trockenen Hände über mein Gesicht. Ich hebe es noch ein bisschen höher in den Wind, damit er Tränen, Trauer und Schmerz fortnimmt, damit die Seele wenigstens ein kleines Päckchen Ballast abwerfen kann.

Immer wieder schaue ich den Vögeln nach, nehme das Fernglas, dein Fernglas, an die Augen und betrachte sie beim Futter suchen, bei Abflug und Landung. Stundenlang kann ich das tun, Wind und Sonne im Gesicht, den Geräuschen in alle Himmelsrichtungen nachlauschen, die Zeit vergehen lassen, die den Schmerz heilen soll, wie viele Menschen sagen. Ich gebe ihr die Chance, das zu tun, werde warten und träumen, in die Wolken eintauchen, die mal gemütlich durch den weiten Himmel schaukeln, mal über ihn hinwegjagen, als sei der Teufel hinter ihnen her.

Kaum traute ich mich, dir mein Fotoalbum ins Krankenhaus mitzubringen und die Bilder von damals mit dir zusammen zu betrachten. Fürchtete ich doch, dass sie dir deine jetzige Schwäche allzu deutlich vor Augen führen würden. Außerdem lebten zwei Mitwanderer von damals, die uns zu Freunden geworden waren, inzwischen nicht mehr. Nun hast du dich zu ihnen gesellt. Das Fotobuch ist bei mir geblieben als kostbare Erinnerung an beschwerliche, aber glückliche Tage zu zweit.

Doch jetzt bin ich nicht auf einem hohen Berg, sondern hier am Meer mit dem Ziel, soviel Freiheit und frische Luft einzuatmen wie möglich, damit es für die kommenden schweren Zeiten reicht, wenn ich mich in einem neuen Leben ohne dich zurechtfinden muss.
Ich muss dir noch eine nette Geschichte vom Fasan erzählen.

Nicht schon wieder.

Höre ich dich stöhnen und sehe ich dich die Augen verdrehen? Egal, das musst du eben aushalten:

Mein heutiges Tagesziel war der kleine Hafen, der wirklich klein ist und nicht mehr beherbergt als den Fähranleger und Anlegeplätze für kleine Fischerboote. Einige Buden, ein Fischrestaurant, ein Café, das ist alles. So trottete ich vor mich hin, in meine Gedanken versunken – bis der knarzige Ruf meinen Kopf hochriss. Sofort schaute ich mich um. Wo steckst du, Bursche? Spielst du wieder mit mir? Zeig` dich! Ich ging ein paar Schritte seitwärts in die Büsche hinein und reckte den Kopf. Da, ein besonders schönes Tier schritt majestätisch durch die mit Flechten bewachsene Senke und nahm überhaupt keine Notiz von mir! Ihn bewundernd blieb ich stehen, neidlos seine bunte Schönheit anerkennend, bis er hinter einer niedrigen Buschreihe verschwand.

Wie oft mich die hübschen Gesellen noch necken werden?

Hoffentlich oft.
Na warte!

Nach dem langen Marsch geht es sich leicht auf dem Deich, ich schwebe auf ihm entlang bis zu einer Bank, von der ich weit aufs Meer sehen kann. Große Containerschiffe schieben sich am Horizont entlang, behäbige, dunkle Schatten; näher am Strand tuckern Fischerboote auf Fangfahrt; nebenan verlässt die Fähre gerade den Anleger, um erholte Urlauber von der Insel fortzuschaffen und einen neuen Schwall Touristen am Festland abzuholen, gerade so, wie Wellen auf die Ufer schwappen und sich wieder ins Meer zurückziehen. Den ganzen Sommer lang, Tag für Tag das gleiche Spiel.

Im Café finde ich ein gemütliches Eckchen für Kaffee und Kuchen.

Hm, Butterkuchen.
Du sagst es.

Essen und Trinken wurden für dich immer mehr zu einem Problem. Du wolltest nicht essen, nicht trinken, die von der Chemotherapie hervorgerufenen Schmerzen in Mund und Hals nahmen dir jeden Appetit. Und was warst du doch für ein Genussesser! Das gemeinsame Essen war ein starkes Band in unserer Beziehung.

Ich war doch wirklich nicht anspruchsvoll, die einfachsten Gerichte waren meine liebsten, zum Beispiel Bratkartoffeln. Einzeln hast du jede Kartoffelscheibe in der Pfanne gewendet, bis sie den richtigen Bräunungsgrad erreicht hatte. Bratkartoffeln „handmade", so was von gut.

Ihr Duft zog dich magisch in die Küche. Viel mehr brauchte es nicht, um dich, essensmäßig, glücklich zu machen.

Wie warst du abgemagert, als ich dich wieder mit nach Hause nehmen durfte, voller Hoffnung auf ein Wunder, das die Krankheit zum Stillstand bringen würde. Alles wollten wir dafür tun, wenn wir auch ahnten, dass die angeordnete intravenöse Ernährung in der eigenen Wohnung nicht einfach durchzuführen sein würde, dass sie zum ständigen Problem werden könnte.

So war es dann auch.

Morgens wurde dir der leere Beutel der flüssigen Ernährung von einer Fachkraft abgenommen, abends der volle wieder angelegt. Da er in einem Rucksack verstaut wurde, konntest du mit meiner Hilfe die Treppe hoch ins Wohnzimmer gehen und, im Sessel sitzend und in eine warme Decke eingehüllt, fernsehen oder lesen. Mit Hilfe eines kleinen Motors, der sich auch in dem Rucksack befand, wurde die flüssige Nahrung durch Schläuche in deinen Körper gepumpt. Eigentlich ein gutes System, denn der Patient konnte sich damit bewegen, war nicht ans Bett gebunden. Doch in so mancher Nacht funktionierte die Apparatur nicht richtig, dann schreckten mich Warntöne auf, und ich eilte ans Telefon, um Hilfe anzufordern; ich saß an deinem Bett und wartete, bis die netten Helfer von der Sozialstation kamen und die Ernährung wieder zum Laufen brachten. Unruhige Nächte, müde Tage.

Nicht nur deine, auch meine Kräfte schwanden mehr und mehr.

Der Tag war nicht weit, an dem das Fieberthermometer die nächste Krise anzeigte. Ich kämpfte Tag und Nacht mit Wadenwickeln, mit den verschriebenen Medikamenten, fuhr zum Arzt, zur Apotheke, nach Hause, das Hamsterrad stand nicht still.

Bis der Krankenwagen wieder vor der Tür stand. Und ich wieder stundenlang an deinem Bett im Krankenhaus saß.

Ich nehme den Weg durch die Wiesen, den ich besonders liebe; einerseits, weil dort die wenigstens Menschen gehen und kaum ein Radfahrer stört, zum anderen, weil ich dort viele Vögel beobachten kann, wie sie sich an dem saftigen Grün satt fressen, wie sie im Pulk auffliegen, ein paar Runden drehen und sich wieder niederlassen und dem Fressen hingeben. Tischmusik ist der mehr oder minder starke Wind, Solisten sind die Tiere selbst mit ihrem Geschrei. Vogelschwärme ziehen Richtung Meer.

Hier mit dir zu sitzen, Hand in Hand, schweigend die würzige Luft einzuatmen, schweigend den ziehenden Vögeln nachzuschauen und ihren klagenden Schreien zu lauschen. So schön wäre das. Ich höre deine Stimme.

Ja, meine Liebe, ich bin bei dir. Für immer und überall dort, wo du auch bist.

Schweigen und das Gefühl genießen, dass Atmen Gesundheit ist. Nicht nachdenken, Sorgen mit den Wolken ziehen lassen, nur fühlen vom großen Zeh bis zu den Haarwurzeln, Gegenwart zur Ewigkeit werden lassen. Deine warme Nähe neben mir, und alles würde gut.

Alles nur Träume, Wirklichkeiten sind anders.

Wirklichkeiten sind Krankenhausflure, hastende Schwestern, eilende Ärzte. Wirklichkeit war aber auch ein junger Stationsarzt, der mir auf dem Flur begegnete, stehen blieb und mit mir redete. Mir erklärte, dass er im Computer die neusten Forschungsergebnisse studiert hätte ...
Er schüttelte nur den Kopf.
Wirklichkeit war auch, dass er mit mir in dein Zimmer ging, sich einen Stuhl heranzog und sich, wie ich auch, an dein Bett setzte. So saßen wir beide dort, rechts und links, mit forschendem Blick in dein Gesicht. Du warst sichtlich erfreut, ein Lächeln überzog deine Wangen und konnte doch nicht die bleichen, tiefen Kerben in deinen Zügen verdecken. Meine Sorge, dass du Schmerzen hattest, nahm der Arzt mir, indem er einfach dich danach fragte. Nein, du hast den Kopf geschüttelt. Ich war erleichtert, zumindest für eine Weile.
Er erklärte mir noch mehr mit seiner sanften Stimme, später auf dem Flur, wovon ich nur die eine Botschaft hörte, die Wahrheit, die wie ein Schlag auf den Kopf war, jedes Wort ein Hammerschlag: Zwei bis drei Monate, zwei bis drei Monate, vier Hammerschläge. Ich hörte die Worte des Arztes, doch Verstand und Herz wehrten ab, wollten sich die Hoffnung nicht rauben lassen. Ich hörte sie noch, als er schon fortgegangen war. Zwei bis drei Monate. Es konnte nicht sein, durfte nicht sein.
Doch es gab nichts, was deiner Lebensuhr einen neuen Impuls geben konnte.

Für den nächsten Tag habe ich mir eine geführte Vogelwanderung vorgenommen, die ich im Inselprogramm gefunden und für die ich mich angemeldet hatte. Dunkle Wolken schieben sich träge über den Himmel, sicher ist es ratsam, die Regenjacke mitzunehmen, die man, wie ich von dir gelernt habe, immer im Rucksack haben sollte. Genauso wie die Flasche Wasser und ein paar Kleinigkeiten zu knabbern gegen aufkommenden Hunger. An dieser Stelle darfst du mich ruhig loben. Auf geht´s.

Die Vogelkundlerin, die die heutige Wanderung führt, zeigt den Neulingen, wie man auf einer Insel bei so einem Wetter richtig angezogen ist: dicke Regenjacke, Regenhut mit breiter Krempe, Gummistiefel, Rucksack, Fernglas. Dann ziehen wir los, zunächst hinaus auf den Deich.

Die Vögel nehmen uns Neugierige überhaupt nicht zur Kenntnis. Ungerührt fressen und fliegen, picken und palavern sie, als wären sie alleine hier. Der eine oder andere Mitwanderer wirft einen unsicheren Blick zum Himmel, an dem sich drohende Wolken versammelt haben und schon mal warnend ein paar dicke Tropfen fallen lassen. Schnell ziehe ich alles an, was ich dabei habe. Du wärst zufrieden mit mir. Es dauert auch nicht lange, und die Wolken kippen an kaltem Regen auf uns Wanderer herunter, was sie vorher in ihren dicken Backen gespeichert haben. In allen Himmelsrichtungen gibt es nur die Farbe Grau in unterschiedlichsten Schattierungen. Das Meer hat sich schon längst hinter eine Nebelwand verabschiedet.

So mache ich mich auf den Heimweg. Wenn auch die Führung hochinteressant war, jetzt freue ich mich nur noch auf ein warmes, trockenes Zimmer und einen heißen Tee. Kein Fasan ist zu sehen oder hören. Sicher können auch sie die Nässe nicht leiden und haben sich an ein trockenes Plätzchen verkrochen.

In der Wohnung genieße ich die angenehme Wärme, koche Tee und mache mir etwas zu essen. Ich lasse mich in einen Sessel fallen und lege die kalten Hände um die heiße Tasse. Das tut gut. Das raue Wetter und das Laufen haben mich schläfrig gemacht. Ich schließe die Augen. Sofort schleichen Erinnerungen aus allen Ecken an mich heran, lautlos wie Raubtiere auf der Jagd.

Müde warst du in diesen letzten Wochen meistens.

Ganz dicht zog ich meinen Stuhl an dein Bett, nahm deine Hand in meine und sah dir in deinem Schlaf zu. Hattest du geträumt? Oder hatte die große Erschöpfung dir alle Träume genommen, warst du vielleicht schon unterwegs in eine andere Welt? Nach wenigen Minuten bist du hochgeschreckt, warst orientierungslos, wolltest dich aufrichten und aus dem Bett steigen, nach Hause gehen. Und wieder das

Komm, Liebste, lass uns nach Hause gehen.

Wenn du besser drauf warst, holte ich wieder Reisefotos hervor. Jeden Tag hatte ich andere dabei. Doch bald legte ich die Fotos beiseite. Dir waren die Augenlider zugefallen, während meine Gedanken noch in Kanadas Wildnis verweilten.

Wieder saß ich stumm, streichelte deine Hand und grübelte. Dein Bett in das Wohnzimmer meiner kleinen Wohnung zu stellen, dich zu Hause zu versorgen mit Hilfe ambulanter Dienste? Könnte das gehen? Die seit Jahren vermietete Wohnung war gerade freigeworden. Schicksal? Zufall? Doch dann verließ mich der Mut wieder. Was wäre, wenn du in der Nacht aus dem Bett fallen würdest? Nie könnte ich dich heben, könnte dich nicht einmal von einer Seite zur anderen drehen. Es war hoffnungslos.

Die Frage nach einem Pflegeheim stand ebenfalls im Raum. Bei einigen Telefonaten, die die Aufnahmemöglichkeit in der näheren Umgebung abklären sollten, wurde schnell klar, dass es sehr schwer werden würde, irgendwo ein freies Bett zu bekommen. Was sollte nur werden?

Fisch ist gesund.

Noch immer muss ich mir selbst einen Schubs geben, allein in ein Restaurant essen zu gehen. Noch immer fällt mir das Eintreten schwer. Noch immer denke ich, dass alle Leute mich anstarren.

Keiner starrt dich an.

Was denken die Leute wohl?

Gar nichts denken sie.

Stimmt etwas nicht mit meinem Outfit, mit dem Makeup, der Frisur?

Ist alles in Ordnung.

Eine ältere Frau ganz allein? Dass die sich das traut! So reden die Leute.

Das bildest du dir nur ein.
Also gut.

Guckt nur alle, ich bin auch alleine wer, auch wenn dieser Auftritt ohne männliche Begleitung wie ein Sprung in das kalte Nordseewasser ist.
Im Restaurant herrscht großer Andrang. Das bedeutet, dass ich zu Fremden an den Tisch gesetzt werde. Nein, ich will nicht, ich mag nicht. Schon will ich mich umdrehen und gehen, da kommt die junge Bedienung freundlich lächelnd herbei und nickt mir zu, ihr zu folgen.
Erste Szene: Mir wird ein Platz bei anderen Leuten am Tisch zugewiesen, die ihre Mahlzeit schon so gut wie beendet haben. Sie sind wortkarg, ich fühle mich nicht gut, eher wie ein Eindringling, und bin froh, als sie zahlen, aufstehen und gehen. Kein guter Anfang. Würde von jetzt an jeder Restaurantbesuch, wenn ich mich überhaupt wieder dazu entschließe, mit solchem Stress verbunden sein? In diesem Stück bin ich eine erbärmliche Darstellerin.
Zweite Szene: Ein junges Paar wird bald darauf an meinen Tisch geleitet. Es ist freundlich und offen, kommt wie ich aus Baden-Württemberg, kennt die gleichen Städte und Landschaften. Ach, Sie kennen Stuttgart, Leonberg auch? Bald ist ein angeregtes Gespräch in Gang. Auch die Politik wird nicht ausgespart: Präsident Trump kündigt das Pariser Klimaschutzabkommen auf, Emmanuel Macron in Frankreich erhält mit seiner Partei die absolute Mehrheit, Terroranschläge in aller Welt.
Diese Tischrunde hätte dir, der du doch so gerne politisiert hast, gut gefallen.

Glaube ich auch.

Als ich mein Essen beendet und die Rechnung bezahlt habe und mich verabschieden will, sagt die junge Frau: „Es war ein sehr anregendes, unterhaltsames Gespräch mit Ihnen. Wir wünschen Ihnen noch einen schönen Urlaub."

Na also, geht doch. War das jetzt so schlimm? Du darfst wirklich nicht so empfindlich sein.
Nein, du hast ja Recht. Kannst du dir vorstellen, wie gut das meinem Selbstbewusstsein getan hat? Ich war wieder wer, ich allein, ohne Mann an meiner Seite. Das macht Mut. Ich werde weiter üben, ich, von nun an allein im Urlaub.

Rückblickend würde ich sagen, dass ich von damals an immer selbstsicherer geworden bin, ohne Stress ein Restaurant betreten und mich an meinem Platz gut fühlen kann.
Übrigens, der Fisch war wirklich ausgezeichnet.

Dir machte das Essen keine Freude mehr, als das Jahr seinem Ende zueilte. Die Schluckbeschwerden waren zu groß geworden. Bald gingen wir wieder zur intravenösen Ernährung über. Das Gefühl, dass du alles bekommen hast, was du brauchtest, beruhigte mich. Mir blieb nicht viel mehr zu tun, als dir immer wieder frischen Tee zu holen, die Nägel an Fingern und Zehen zu schneiden, deine trockene Haut an den Armen und Beinen einzucremen und zu massieren, was du sehr gern hattest. Du lagst ganz still, meistens mit geschlossenen Augen. Meine Gedanken gingen oftmals auf Reisen, während meine Hände deine berührten.

Der neue Tag steht mit einem strahlenden, windigen Morgen im Gepäck vor meiner Tür. Ich nicke ihm zu und beeile mich, hinauszukommen, inhaliere die frische Luft wie Medizin, hole die bestellten Brötchen vom Bäcker und erstelle beim Frühstück in Gedanken einen Tagesablauf. Auch den Inhalt des Rucksacks gehe ich noch einmal durch.

Sehr gut.
Du siehst, wie gut du mich erzogen hast.

Die Sonne blinzelt immer stärker durch die Wolken, als ich zum Strand laufe, die Schuhe ausziehe und sie an den zusammengeknoteten Bändern um den Hals hänge.

Genauso ist es richtig, so haben wir es immer gemacht, wenn es galt, reißende Gebirgsbäche zu durchqueren. Die Regeln haben wir in Tibet gelernt: Schuhe um den Hals hängen, jeweils zu dritt gehen, sich gegenseitig die Arme um Hals und Schultern legen. Das gab sicheren Halt gegen die reißende Strömung.
Weißt du noch, wie das eiskalte Wasser den leichtsinnigen Einzelgänger fortriss, wie andere Trekker ihn unter Aufbietung aller Kräfte aus der starken Strömung herausziehen mussten? Für ihn war der Marsch zu den Zelten in nasser Kleidung bestimmt kein Vergnügen, zumal Hagelschauer niedergingen, doch er war selbst schuld.
Dir wäre das nie passiert, du hast immer überlegt und vorsichtig gehandelt.

Hier an der Nordsee ist das Wasser heute ruhig, der Horizont weit, der Strand leer. Draußen auf dem Meer streben zahlreiche Schiffe ihren Zielen zu. Laufen, nur laufen, den warmen oder feuchtkalten Sand unter den nackten Sohlen spüren, nichts denken, nicht grübeln ...
Paare kommen mir entgegen, Hand in Hand, eifrig redend, der eine den anderen mit ausgestrecktem Finger auf etwas hinweisend, eine Muschel aufhebend und dem Partner unter die Augen haltend ...Ich wende meinen Blick ab, kann den Anblick kaum aushalten, muss wieder einmal Tränen hinunterwürgen wie einen zu großen Brocken Brot, und greife zur Sonnenbrille, meinem bewährten Sichtschutz. Doch das ist gar nicht nötig, denn man sieht mich sowieso nicht. Ich bin ein Nichts, löse mich auf in dieser sandigen Weite unter dem Brausen von Meer und Wind. Wo

werde ich mich wiederfinden? Und wie werde ich dann sein? Ich muss mich neu erfinden, aus einer Hälfte muss wieder ein Ganzes werden; doch seine Farben sind verwaschen. Noch.

Von Wind, Sonne, Meeresbrausen habe ich mich schon als Kind berauschen lassen. Ich habe dir sicher einmal erzählt, wie ich als Schülerin auf einer Jugendfreizeit an der Nordsee beim Muschelsammeln die Zeit vergaß, weiter und weiter ging, und man mich schließlich suchen musste. Einen heftigen Sonnenbrand bekam ich gratis dazu.

Ich strebe den hinter dem Dünensaum liegenden Cafés und Geschäften zu, um wieder festen Boden unter den Füßen zu bekommen. Heißer Tee und Butterkuchen bringen mich wieder in die Spur.

An diesem Abend also Dünensingen. Freunde haben begeistert davon erzählt.

Singen hast du dein Leben lang geliebt.

Manchmal hast du deine Gitarre hervorgeholt und die Saiten anklingen lassen, sie gestimmt und in der Erinnerung nach Akkorden gesucht. Ein paar Wanderlieder und western songs hattest du noch drauf, du hast sie immer wieder gespielt und dazu gesummt. Ich gesellte mich meistens dazu oder lauschte hinter der Tür. Ich habe es so gerngehabt, wenn du Gitarre gespielt hast. Unsere Stimmen allerdings, na ja, …

Nach dem Skilaufen abends im Hotel habe ich oft im Kreise von Freunden und auch Fremden zur Gitarre gegriffen. Vergangene, aber nicht vergessene Zeiten.

Singen in Afrika am Lagerfeuer.

Unsere einheimischen Begleiter haben es uns vorgemacht und nach der Arbeit des Tages ihre Lieder zum Besten gegeben; dann dauerte es nicht lange, bis unsere Reisegruppe sich ein Herz nahm und gemeinsam deutsche Wander- und Fahrtenlieder sang. Der afrikanische Nachthimmel war mit funkelnden Diamanten bestickt. Ein Märchen.

Auf den Malediven fand ich es besonders schön.

Abends am Strand in unseren Liegestühlen, die Füße im warmen Sand vergraben, meine Mundharmonika hatte ich immer dabei. Das Meer stand in Flammen, entzündet vom Schein der untergehenden Sonne; über ihr ballten sich Wolkenberge als Vorboten des Monsunregens, der bald wieder einsetzen würde. Von „Wilde Gesellen" über „Der Mond ist aufgegangen" bis zu „Abendstille überall" spulten wir die ganze Palette ab, die wir als jugendliche Wandervögel, jeder in seinem Kreis, gelernt hatten und deren durchlöcherter Rest uns noch zur Verfügung stand. Die Zweisamkeit war unser, das zählte, dazu die weiche Luft, das sanfte Meer, …romantische Gefühle flossen über, ein Bodensatz davon ist nie versiegt. Bis heute nicht.

Überhaupt die Malediven.

Wir lernten zu schnorcheln, wähnten uns im Wasser in fremden Welten und hatten doch gerade nur den Kopf unter der Wasseroberfläche. Die Illusion war perfekt. Nie in meinem ganzen Leben vergesse ich den Moment, an dem ich mich zum ersten Mal über die Riffkante hinaus traute. Steil fiel das Riff ab, und ich fürchtete, ins Bodenlose zu stürzen, wie ein Bungeespringer, der den Absprung wagt. Doch du warst neben mir, ich fiel nicht, drehte mich mehrmals im Kreis und staunte über die Vielfalt des Lebens zur Riffkante hin und über die blaue, ins Schwarze übergehende Unendlichkeit des offenen Meeres, aus dem unheimliche Schatten auftauchten und wieder verschwanden.

Dann der Morgen, als wir uns entschlossen hatten, unsere kleine Insel schnorchelnder Weise zu umrunden.

Ich schwamm voraus, du hinter mir her, so hatten wir es abgesprochen.

Plötzlich hast du so hektische Bewegungen gemacht, aus denen ich las, dass ich sofort umdrehen und so schnell wie möglich zurück zum Strand schwimmen sollte.

Felsenfest war ich davon überzeugt, dass sich uns ein großer Hai vom Meer her näherte. Obwohl Einheimische sagten, dass die Fische im Was-

ser größer aussähen als sie in Wirklichkeit sind, dass es wahrscheinlich nur ein harmloser Riff Hai gewesen sei. Ich glaubte jedenfalls, unser letztes Stündlein sei gekommen.

Das Entsetzen stand dir noch ins Gesicht geschrieben, als wir dann im Sand hockten und du mir von deiner Begegnung erzählt hast. Ich hatte überhaupt nichts gesehen.

Und du hast behauptet, ich hätte mir den Hai nur eingebildet, starkes Stück.

Die Umrundung haben wir an einem der folgenden Tage erfolgreich nachgeholt.

Märchentage auf den Malediven, es war ein Leben im Paradies – auf Zeit.

Jetzt also Dünensingen.

Die Sonne stand tief und reichte der heraufziehenden Abenddämmerung zum Abschied die Hand.

Nach und nach fanden sich zahlreiche Menschen mit Decken und warmen Jacken in der Dünenmulde ein, die sich mit einem an einen Pfosten genagelten Blatt als Ort für das Singen ankündigte. Textblätter wurden verteilt. Ohne lange Vorrede stimmte die kleine Kapelle, bestehend aus Gitarre, Akkordeon und einem Sänger, bekannte Volkslieder an, und bald fielen alle Anwesenden ein. Das Textblatt half der Erinnerung auf die Sprünge, wo Lücken sich auftaten. „Auf, du junger Wandersmann", „Im Frühtau zu Berge", „Wenn alle Brünnlein fließen", „Guten Abend, gut Nacht", den ganzen Rucksack voller Lieder aus meiner Jugendzeit konnte ich mal wieder auspacken.

Das Singen in der Gemeinschaft habe ich so genossen, auch wenn plötzlich, aus dem Hinterhalt, das unmelodische Krächzen eines Fasans dazwischenfunkte. Seine Schwanzfedern konnte ich gerade noch zwischen zwei Sträuchern erblicken, bevor er verschwand und aus der Deckung heraus mit so manchem rostigen Ton den Gesang zu torpedieren versuchte. Doch niemand ließ sich von ihm stören.

Du hast neben mir gesessen; diese Stunde in der Dämmerung, als die Dünen immer schärfere Konturen in den Abendhimmel zeichneten, als das Meer seine Background Melodie spielte und die ersten Sterne die vorhandene Kulisse ergänzten, hätte dir viel Freude gemacht. Ach ja.

Mit Tränen in den Augen laufe ich zur Ferienwohnung zurück, ist ja dunkel, keiner sieht es. Ich koche Tee und mache mir etwas zu essen. Von nun an ist das schnell gemacht, denn ich bin allein, sorge nur für mich. Es ist eine Tatsache: Für mich allein gebe ich mir halb so viel bis gar keine Mühe mit der Essenszubereitung. Warum auch? Niemand genießt, niemand lobt, niemand trinkt mir zu. Was soll's also?

Wieder zu Hause werde ich von anderen Wanderinnen erfahren, dass es in verschiedenen Gasthäusern im Umkreis Volksliedersingen für jedermann gibt. Ich horche auf und bin überzeugt, dass so eine Veranstaltung was für mich ist. Jetzt, nach Wochen und Monaten, weiß ich, dass es eine gute Entscheidung war, da mitzumachen.

„Wildgänse rauschen durch die Nacht ..."

In der kommenden Zeit werde ich das Repertoire an Volksliedern aus meiner Jugend wiederholt und zahlreiche neue Lieder dazugelernt haben. Niemand muss die Anwesenden, alles ältere Semester so wie ich, nicht erst zum Mitsingen auffordern. Sie steigen gleich bei den ersten Akkordeontönen ein und packen ihren reichen Liedschatz aus, abgespeichert in ihrer Erinnerung von vielen Wanderfahrten und an lodernden Lagerfeuern ihrer Jugend. So wie bei mir.

„Jenseits des Tales standen ihre Zelte ..."

Singen befreit die Seele von Trauer und Verzweiflung, zumindest vorübergehend, und macht glücklich, zumindest ein bisschen; das werde ich in den folgenden Wochen und Monaten an mir selber erfahren.

Singen ist Medizin für die Seele, sagt man, und die habe ich bitter nötig; du würdest es verstehen.

Welche Splitter unseres gemeinsamen Lebens würden in der Erinnerung bleiben und wie lange? Schon jetzt fürchtete ich mich vor dem Vergessen, hatte Sorge, dass große Teile davon durch das Sieb rauschen werden wie Sand. Doch ich sollte keine Angst haben. Vergessen hilft, Wichtiges von Unwichtigem zu trennen, habe ich gelesen. Was würde bleiben, also wichtig sein? Ich werde es erfahren.

Dann bin ich wieder zu Hause.
Zwischen den vertrauten Gegenständen unseres Lebens. Die Glasvögel und Schmetterlinge glänzen im Sonnenschein, der blaue Elefant hebt seinen Rüssel, als wolle er mich mit einem lauten Trompetenstoß begrüßen. Vorsichtig nehme ich den gewichtigen Freund hoch und staube ihn ab, so dass er wieder strahlt.
Alles steht an seinem Platz, wie ich es hingestellt habe. Das ist wichtig. Das ist gut. Ich lechze nach barrierefreiem Heimkommen.

Die Sonne weicht nicht.
Flimmernde Hitze im Land.
Meine Seele friert.

6 Juni

Der Pfeil der Erinnerung trifft mitten ins Herz.
An Wanderungen in der nächsten Umgebung, durch Wälder und Wiesen, an Bächen entlang; in der ferneren Natur mit Übernachtungen in Hotels; in der weiten Welt auf abenteuerlichen Zeltplätzen mit Gleichgesinnten, die oft zu Freunden wurden.
Zum Wandern oder Radfahren gehörte immer ein Picknick auf einer Bank mit schöner Aussicht, über einen sich schlängelnden Fluss, auf den Kirchturm eines nahen Städtchens. Wir hatten alles dabei, was wir gern gegessen und getrunken haben, genossen den Rundblick, plauderten. So viel gab es zu sehen, was uns Freude machte: Der Bach neben dem Radweg, der Eisvogel, der plötzlich auftauchte, von Ast zu Ast hüpfte und nach einer Minute wieder verschwunden war; ein Wanderweg durch dichten Wald, der plötzlich eine traumhafte Sicht ins Land freigab; eingezäunte Wiesen, auf denen Schafe grasten und uns zum Überklettern von Zäunen oder zu einem Umweg zwangen.

Schau mal, die süße, kleine Schlange!

Beide beugen wir den Kopf über die „Süße". Ich zucke zurück, als wir sie uns unter der Lupe ansehen.
Von wegen süß, das ist eine junge Kreuzotter!
Oder dies: Du bleibst abrupt stehen und beugst dich hinunter.

Was machst du denn mitten auf dem Weg, wo willst du denn hin? Die vielen Fahrräder hier sind aber ganz schön gefährlich für dich. Komm, ich helfe dir.
Vorsichtig nimmst du die Weinbergschnecke auf die Hand, trägst sie über den Waldweg und setzt sie ins Gras.
Und du willst genau in die andere Richtung? Klar, auch das machen wir.
Manchmal wiederholte sich das ziemlich oft, aus dem Wandern wurde ein Schlendern. Ob sich die Schnecken über die liebevolle Ansprache und den luftigen Transport gefreut haben? Du warst ein allem Lebenden zugetaner, liebevoller Mensch.

Mit dir zu Fuß unterwegs zu sein, habe ich immer geliebt. Auf schmalen Bergpfaden bist du immer vor mir gegangen, in deinem so unvergleichlich gleichmäßigen Rhythmus; ich wanderte deinem roten Rucksack hinterher, er war mein Leuchtturm und Schrittmacher. Wenn der Aufstieg länger dauerte, hast du auf regelmäßige Trinkpausen geachtet. Mein Vertrauen in deine Bergführerqualitäten war grenzenlos, habe ich dir das überhaupt jemals gesagt? Unter deiner Anleitung haben wir viele Bergwanderungen und -besteigungen sicher und erfolgreich gemeistert.

Ich glaube, es waren Vater und Mutter, die meinem Bruder und mir die Freude am Bergwandern mitgegeben haben. Die Ausflüge gingen zwar nur in den Schwarzwald oder höchstens ins Allgäu, aber die Eindrücke, die diese Touren bei mir hinterlassen haben, haben mich für immer geprägt.

Wandern auf Madeira.
Wir marschierten an den Levadas entlang, von dichtem Blätterdach gegen die Sonne geschützt; an üppigen Blumengärten vorbei, auf windumtoste Bergkuppen hinauf. Oder wir schlenderten durch ein Hafenstädtchen, wo du die Fischer beim Kartenspiel filmen durftest. Manchmal saßen wir beim Abendessen auf der Uferpromenade, unter Einheimischen, an ganz schlichten Tischen, aßen einfache Gerichte, umflossen von unbeschreib-

lich warmer, weicher Abendluft, verabschiedeten so den Tag, wenn er sich anschickte, irgendwo im Meer zu verschwinden. Unvergessliche Stunden.

Wenn ich so am Schreibtisch sitze und über die vielen Ausflüge nachdenke, gilt doch das Eine: Wohin es auch immer ging, in die Nähe oder Ferne, in die Höhe oder geradeaus, alles war nichts ohne die Zweisamkeit, sie war das Wichtigste in allen Unternehmungen. Die Zweisamkeit war sozusagen das Salz in der Suppe. Wenn es einem mal nicht gut ging, sei es, dass in der Fremde der Magen oder in der Höhe der Kreislauf rebellierte, sei es, dass die Psyche einen Durchhänger hatte, wurde er vom anderen gestützt und wiederaufgebaut.
Doch jetzt muss es ohne Salz gehen.
Aber alleine wandern? Das kann ich mir beim besten Willen nicht vorstellen. Allein auf die hohen Berge? Wenn mir da etwas zustößt, wenn ich mir den Fuß verstauche, wenn ich mich verlaufe, wenn mich jemand überfällt ...Tausend Wenn und Aber hecheln hinter mir her wie eine Schar Wölfe.
Nein, alleine Bergwandern geht gar nicht.
Und im Flachland, durch Wälder und Wiesen? Sieht es nicht viel anders aus. Da könnte man ja direkt depressiv werden, so allein im Wald. Ich brauche doch jemanden zum Reden, zum gemeinsamen Bewundern der schönen Natur, und nicht zuletzt gehört eine gemütliche Einkehr zu einer erlebnisreichen Wanderung, ein Tisch, an dem man sich mit Gleichgesinnten niederlässt und das Erlebte Revue passieren lässt.
Beim Durchsehen des örtlichen Blättchens, Studium der Zeitung und Suchen im Internet, bei Gesprächen mit Leuten, die sich in der hiesigen Vereinsszene auskennen, werde ich bald fündig. Zahlreiche Vereine bieten an Wochenenden Wanderungen und Ausflüge an, von wenigen Kilometern Länge bis zu ausgedehnten Tagestouren mit Besichtigungen. Haben wir auf den großen Reisen in ferne Länder nicht das Gleiche gemacht? Wan-

dern und Berge besteigen, in fremde Kulturen eintauchen und Sehens-
würdigkeiten bestaunen?

Solche Unternehmungen könnten meinen Wochenendblues vertreiben,
denke ich. Manchmal habe ich das Gefühl, dass dein Fortgehen nicht nur
meine seelischen, sondern auch die körperlichen Kräfte mitgenommen
hat, zumindest teilweise. Ich sollte sie wiederaufbauen.

Nach meiner ersten Teilnahme an einem Wanderausflug, nach der ersten
Tour mit vierzehn Kilometern Länge bei einem Tempo, das andere bestimmten und nicht wir beide, weiß ich es schon besser: Diese Distanz ist
grenzwertig für mich. Die Füße taten weh, der ganze Körper fühlte sich an
wie geprügelt. So große Entfernungen sind inzwischen belastend; in den
letzten Jahren hatten wir uns schon zurückgenommen, auch die großen
Trekkings abgehakt. Die erste Gruppenwanderung lehrte mich: Nach zehn
bis zwölf Kilometern sollte Schluss sein.

Das ist doch schon ganz ordentlich, oder?
*Das ist wirklich genug, schließlich wird kein Marathon im Gehen von dir
verlangt. Die Hauptsache ist doch, sich an der frischen Luft zu bewegen
und nicht allein zu laufen. Das machst du schon richtig.*

Die Wandervereine setzen ganz unterschiedliche Schwerpunkte. Der eine
läuft möglichst weite Strecken, der andere legt Wert auf Besichtigungen
und geschichtliche Hinweise während der Touren, der dritte auf das Genießen der Landschaften und auf Erklärungen zu Vögeln und Pflanzen.
Die Letzteren gefallen mir am besten, da geht es gemächlicher und oft
auch interessanter zu.

Bei den verschiedenen Treffpunkten finden sich immer wieder andere
Leute ein. Es dauert eine ganze Weile, bis ich auf solche Wanderer treffe,
die bei anderen Unternehmungen auch schon mit mir dabei waren. Auf
Fremde zuzugehen ist nicht gerade meine Stärke; das Gefühl, aufdringlich
zu sein, kann ich nur mühsam ablegen. Anfangs habe ich mich sehr

schwer damit getan, mich anzuschließen und an einem Gespräch zu beteiligen.

Wenn ich im Nachhinein an die ersten Unternehmungen zurückdenke, an denen ich teilgenommen habe, kommt mir in den Sinn, dass jeder Schritt in eine Gruppe hinein zu einer Art Mutprobe wurde. „Das Jahr der Mutproben" könnte ich über dieses erste Jahr ohne dich schreiben.

Du findest das übertrieben? Nein, sage das nicht. Ich habe nur nicht gewusst, wie sehr mein Handeln in all den Jahren an deines gekoppelt war. Dein Dasein hat mein Selbstbild geprägt, und dein Nichtmehrdasein es zerfallen lassen. Ich muss ein neues Bild von mir aufbauen, das mit Sicherheit anders aussehen wird, bloß wie, das weiß ich noch nicht. Wer werde ich als Single sein?

Viele Jahre lang hat die Zweisamkeit alle Aktivitäten im Freien bestimmt, meistens waren wir uns selbst genug, und nur zufällig kamen wir hier oder da mit anderen Wanderern ins Gespräch. Nun wird das Zugehen auf Fremde zu einem Muss, will ich nicht als Eigenbrötlerin nebenherlaufen. Das fällt mir auch heute noch schwer, ehrlich, ziemlich schwer.

Ich weiß, du hattest da nie Probleme. Mit deiner zurückhaltenden und doch entgegenkommenden Art, mit deiner ausgeprägten Fähigkeit zum Zuhören hast du leicht Sympathien gewonnen, Herzen und Münder aufgetan. Beispiel gefällig? Wenn wir in eine Bergbahn einstiegen, um auf einen Gipfel zu schweben, sei es zum Skifahren oder zum Wandern, wenn du eine Bemerkung gemacht hast, die Interesse an dem Leben der fremden Menschen signalisierte, kanntest du, als wir oben ankamen, schon Eheprobleme, Familienstreitigkeiten oder anstehende Erziehungsfragen so mancher Mitfahrer, mit Details, die selbst du gar nicht wissen wolltest. Da konnte ich nur mit dem Kopf schütteln. Mehr als einmal.

Übertreibst du da nicht ein wenig?
Bestimmt nicht.

Auf Trekkings in fernen Ländern konntest du dich leicht hinter deiner Kamera verstecken und auf die Aufnahmen konzentrieren. Ich dagegen, aus Erfahrung klüger geworden, gewöhnte mir an, wortkarg zu sein beim stundenlangen Laufen, wollte ich doch die unbekannten Landschaften betrachten, fremde Kulturen erleben und keine Lebensbeichten anhören, auch wenn mein Verhalten vielleicht unhöflich war. Aber du hast mir das, glaube ich, verziehen.

Jede Woche neue Gesichter, zwischen die ich mich beim Wandern einreihe. In mir herrscht Krieg: Ich will die anderen nicht, ich will nur dich. Es war so schön zu zweit.

Oft löst sich der innere Kampf am Abend zu Hause in Tränenströmen auf, wie so oft hadere ich mit meinem Schicksal. Zurück bleiben schmutzige Stiefel und verschwitzte Kleidung, ein unaufgeräumter Rucksack; es bleibt aber auch, und mit der Zeit immer öfter, eine angenehme Müdigkeit vom Wandern; klammheimlich wächst Zufriedenheit mit dem, was das Auge erleben darf, Erinnerung an das, was so manches Gespräch ergab. Das neue Leben, das wievielte? steht schüchtern vor der Tür, zögert noch ein bisschen, doch ich kann es spüren.

Bei der nächsten sich bietenden Wandergelegenheit ziehe ich dann die frisch geputzten Wanderstiefel wieder an, recherchiere Treffpunkt und Uhrzeit und mache mich auf den Weg.

Also eins kann ich dir sagen: Sooft wie in diesem Jahr habe ich noch nie Wanderschuhe geputzt und den Rucksack gepackt, Vesper und Getränk gerichtet.

Wie man einen Rucksack richtig packt, hast du schließlich von mir gelernt. In vielen Jahren, für viele Reisen.

Das stimmt. Wenn du nicht gewesen wärst, hätte es die Schneewochen in Tannheim nie gegeben, in den letzten Wintern waren wir mehrmals hintereinander dort. Auch bei neblig nassem Wetter gingen wir in die meistens bestens präparierten Loipen.

Ich erinnere mich daran, dass so manches Mal der Wind ungerührt unsere Gesichter mit eisigen Schneeflocken bombardierte, die Loipe auf der weiten, menschenleeren Ebene kaum mehr zu sehen war und nur noch uns gehörte. Vor lauter Glücksgefühl hätte ich jodeln können -, wenn ich es denn könnte. Wir fühlten uns eins mit der winterlichen Natur.

Mehr als einmal hast du mir, nach einem erlebnisreichen Wander- oder Schneetag, beim Abendessen in einer gemütlichen, warmen Stube von deiner Begegnung mit einem Steinbock erzählt.

Das musst du dir bloß einmal vorstellen, ich komme auf dem schmalen Wanderweg um eine Felsnase herum, und da sehe ich einen ausgewachsenen Steinbock auf dem Weg vor mir, der genauso überrascht ist wie ich. Wie stolz und majestätisch er da steht mit seinen imposanten Hörnern und mich ansieht! Vor Schreck erstarre ich, er auch, dann springt er davon und ist verschwunden.

Diese Begegnung hat dich unvergesslich beeindruckt.

Alles vorbei.

Die Leute sagen: „Die Zeit heilt alle Wunden." Ich kann es nicht glauben.

Die Leute sagen: „Das wird schon wieder." Ich kann es nicht glauben.

Die Leute sagen: „Sei doch froh, dass du die Erinnerungen hast." Bin ich noch nicht.

Der Verlust brennt wie Feuer, jedenfalls sehr oft. Ich vertraue darauf, dass mit dir gelebtes Leben zu Erinnerung werden und eines Tages den Trauerschmerz ablösen wird.

Doch das Jahr der Mutproben ist noch lange nicht zu Ende.

Durch Zufall bin ich eines Tages im Internet auf das Jahresprogramm des Kaltenbronner Infozentrums gestoßen. Stell dir vor, auch im Nordschwarzwald gibt es jetzt geführte Wanderungen, sowohl im Sommer als auch im Winter.

Ich melde mich gleich für eine Veranstaltung an.

Beim ersten Mal reise ich schon am Abend vorher an und nehme mir ein Zimmer im einzigen Hotel vor Ort, um am Morgen pünktlich am Treffpunkt zu sein. Bitte lach nicht, es ist auch eine Mutprobe, denn bin ich jemals alleine in ein Hotel gegangen? Meine Gedanken rotieren mal wieder: Was werden die Leute von mir denken? Ältere Frau alleine beim Abendessen in einem Landhotel im Schwarzwald, ist sie einsam und sucht einen Mann? Will sie etwa alleine wandern? Das ist doch nicht ungefährlich, hat die denn keine Angst? So geht es in meinem ängstlichen, kleinen Hirn zu; das hätte ich mir früher nie vorstellen können, und du dir sicher auch nicht. Aber ich hoffe auf dein Verständnis.

Einige dieser Wege im Nordschwarzwald kennen auch wir beide, weil wir sie schon gewandert sind, aber diese geführten Touren sind ganz anders, ausgesprochen interessant und lehrreich. Auf verschiedenen Wanderungen erfahre ich zum Beispiel, wie Moore entstehen, warum welche Bäume an welchen Standorten wachsen und wie Spuren im Schnee zu lesen sind, sogar, wie Eiskristalle unter der Lupe aussehen. Wie habe ich Kälte, Wind und Schnee genossen, wo andere sich nur schaudernd abwenden, wenn ich davon erzähle. Doch du verstehst, was ich meine.

Ja, klar, schließlich sind wir viel mehr als einmal in Schnee und Hagel über Berge gewandert, mit und ohne Skier, haben gelernt, ungemütlichstes Wetter zu ertragen.

Ich finde, draußen in der Natur kann ich interessante Erfahrungen machen, und die Bewegung an der frostigen Luft ist sowieso gut für mich, auch wenn die Finger ganz schön kalt werden beim Hineingreifen in den Schnee, wenn Schneeflocken unter ein Mikroskop gelegt werden sollen.

Du solltest diese Ausflüge in dein Wanderprogramm einplanen und die etwas weitere Anfahrt mit dem Auto in Kauf nehmen. Sie scheinen sich zu lohnen. Ich glaube, mir und meiner Filmkamera hätten diese Ausflüge auch Spaß gemacht.

Ganz bestimmt. Trotzdem, auch wenn ich mich wiederhole und dich vielleicht nerve, all diese Wanderprogramme sind nur dürftiger Ersatz für unsere Unternehmungen zu zweit, die uns durch die ganze Welt geführt haben; zu zweit sein in der Gruppe gab uns das warme Gefühl innerer und äußerer Stärke und Sicherheit.

Wochenenden können sich dehnen wie ausgeleiertes Gummiband. Da kommen solche Sonntagsausfahrten und -wanderungen gerade recht.

Bei vielen geführten Wanderungen fällt auf, dass ältere Frauen die Mehrzahl der Teilnehmer und Teilnehmerinnen stellen. Frauen so wie ich. Sie tragen alle ihre Geschichten mit sich, ihre Trauer um verstorbene oder geschiedene Partner, Sorgen um Kinder oder eine ungewisse Zukunft, Ängste vor Krankheiten. Viele Probleme bleiben tief unten in den Rucksäcken versteckt; wollen doch die meisten Wanderinnen sich entspannen und das loslassen, was sie bedrückt, wenigstens für ein paar Stunden. Verständlicherweise ist der Wille sehr begrenzt, sich beim Wandern mit den Sorgen anderer auseinanderzusetzen, wenn man sein eigenes Päckchen zu tragen hat. Die Aufnahmefähigkeit für die Schwierigkeiten der Mitmenschen ist auch in Tannenwäldern nicht sehr ausgeprägt.

Meine heimliche Sorge, dass der Zug zum Trauerzug wird, ist unberechtigt. Nachdem der gesellschaftliche Status als bei allen ziemlich gleich erkannt ist, wendet man sich erleichtert allgemeineren Themen zu, Weltpolitik, Sportereignisse, Katastrophen. Im Verlauf solcher Ausflüge bietet sich auch öfters die Möglichkeit zu ernsthafteren Gesprächen, von Frau zu Frau oder Mann zu Mann, die das Gefühl abmildern, mit seinen Problemen allein dazustehen.

Im weiteren Verlauf des Sommers werde ich einige Menschen immer wieder beim gemeinsamen Wandern treffen, das Pflänzchen mit Namen „Vertrautheit" fängt zaghaft an zu wachsen; je mehr Ängste und Sorgen verblassen, desto stärker wird mein Selbstvertrauen, das mir mit deinem Tod abhandengekommen ist.

Dabei kommen diese Sorgen und Ängste nicht von ungefähr. Von einem „urweiblichen, steinzeitlichen Impuls" spricht Sibylle Krause-Burger in einer ihrer Zeitungskolumnen. Von einem Hang in uns Frauen, sich einem starken Mann zu unterwerfen. Es müsse etwas Masochistisches in uns Frauen sehr stark sein. Seit Jahrtausenden musste Frau für Höhle und Herd sorgen, während Mann draußen mit Bär und Büffel kämpfte. Auch wenn es später um Haus und Hof ging, aus Bär und Büffel Büro und Bank wurden, blieb dieses Prinzip der Aufgaben- und Machtverteilung – sie drinnen, er draußen - über Jahrhunderte erhalten.

Ein Beispiel für dieses Unterwürfigkeitsprinzip erlebte ich vor einigen Jahren in der Reha.

Bei einem Gruppengespräch sollte jede Anwesende ihr Hauptproblem während dieser Rehawochen artikulieren. Die Frau, die neben mir saß, brach in Tränen aus, als sie an die Reihe kam. Ihr größtes Problem sei, dass sie während dieser Zeit nicht zu Hause für ihren Mann kochen könne. Mir verschlug es die Sprache. Entschuldige bitte, das wäre mir nun wirklich nicht eingefallen.

Trotzdem habe ich wohl auch dieses Urgen in mir, dessen Befriedigung mir nicht mehr möglich ist; fühle ich mich deshalb oft so unsicher? Ich werde ihm sofort den Krieg erklären!

Dann gibt es noch den Faktor „Single". Seit ewigen Zeiten bestimmen die sozialen Gruppen Paare und Familien die Spielregeln von Politik, Kirche und Gesellschaft, stehen im Fokus dieser Institutionen. Alleinstehende und alte Menschen bewegen sich an deren Peripherie. Homosexualität, Polyamorie, Patchwork, alles ist heute gesellschaftlich akzeptiert, doch eine alleinstehende Frau jenseits der Fünfzig, ganz besonders, wenn sie, auch unabsichtlich, den Anschein erweckt, sich noch auf der Suche nach einem Mann zu befinden, wird von allen Seiten misstrauisch und ablehnend beäugt. Aber ich, in meinem Alter … Es scheint so, dass weite Teile der heutigen Gesellschaft noch nicht ihren Frieden mit der Gruppe der Singles machen können.

Wie sagte doch ein bekannter Arzt?

„Altwerden ist nichts für Weicheier."

Ich sage: „Altwerden als Single ist die absolute Strafverschärfung."

Vor kurzem habe ich mir neue Wanderkleidung gekauft. In den alten Sachen klebte die Patina vieler Wanderungen in vergangenen Jahren. Die neuen, modernen Hosen und Shirts stützen mein Selbstbewusstsein enorm. Wie findest du mich in dem neuen Outfit?

Diese Frage, typisch Frau.

Meinetwegen.

„Furcht tut nichts Gutes. Deshalb muss man frei und mutig in allen Dingen sein", hat Martin Luther gesagt. Ich nehme die Schultern zurück, drücke das Rückgrat durch und gehe auf die Wanderer zu, die schon am Treffpunkt stehen. Frei und mutig.

Wenigstens ein bisschen.

In den kommenden Wochen wurde „neu" zum zentralen Begriff in meinem Wortschatz. Die Wohnung neu, die Umgebung neu, die Menschen, die Wege, Geschäfte. Wie lange würde es dauern, bis aus Neuem Gewohntes werden könnte, wenn Herz und Verstand festhielten an dem, was bisher das Leben ausmachte? Wir reden von gewohnter Umgebung, vertrauten Menschen, wiederkehrenden Ritualen, sie halten unser Dasein in der Spur; was aber tun, wenn dir diese Gleise abhandenkommen?

Ich klammerte mich an meine Erinnerungen - und litt; sah uns am Esstisch sitzen und diskutieren, wenn ich allein in der Küche mein Brot aß - und litt; sah uns gemeinsam auf dem Sofa, jeder in ein Buch vertieft, wenn ich allein in meinem Sessel beim Lesen war - und litt; beim gemeinsamen Fernsehen, wenn ich allein eine Sendung anschaute - und litt. Aus gemeinsam war einsam geworden.

Ständig starrte ich in meinen inneren Rückspiegel auf ein Leben, das es so nicht mehr gab. Und in den Spiegel im Bad. Bin ich das wirklich? Die Gesichtshaut blass und faltig, die Mundwinkel nach unten hängend, die Augen stumpf. Die Haare? Ging so. Die Figur hatte ich einigermaßen im Griff. „Ja wie sehen Sie denn aus?"

Kein Wunder, dass mein Hausarzt mich so empfängt, als ich in die Sprechstunde komme. Ganz offensichtlich trage ich meinen Gemütszustand vor mir her wie ein Plakat, auf dem „Achtung, unglückliche Frau in Trauer, nicht ansprechen!" steht. Ich erkläre, kann nur mit Mühe die Tränen wegdrücken. Er verschreibt mir Antidepressiva. Das Rezept in meinen Händen brennt wie Feuer. Soll ich mir das wirklich so leicht machen, sind Tabletten die Lösung für meine Probleme? Es wäre einfach, sich auf diese Weise die seelischen Schmerzen vom Hals zu schaffen. Nein, ich will diese Lösung nicht, es muss ohne sie gehen. Das Rezept verschwindet in einem Ordner. Und das ist gut so.

Ich habe gelesen, dass der Kummerschmerz Konzentration und reflektiertes Denken befördert. Er verlangsamt mein Leben und gibt ihm so die Gelegenheit, Anpassungen an noch nie dagewesene Situationen vorzunehmen. Es stimmt schon: Ändert sich ein Teil des Ganzen, ändert der Rest sich mit. Zwangsläufig. Die ständigen Anpassungen empfinde ich als Schwerstarbeit.

In diesen Wochen taumelte ich zwischen gestern und morgen, eine Zukunft war nirgendwo zu sehen. Und trotzdem spürte ich manchmal: Auf schleichenden Sohlen begann unser Leben zu zweit in die Vergangenheit zu entweichen und einem neuen Leben Platz zu machen.

Früchte reifen nun,
süße Düfte in der Luft,
ich will sie atmen.

7...Juli

Wie ein Schlitten im Eiskanal rasen die Wochen weiter ins Jahr hinein.
„Hast du schon gewusst, dass ...?"
„Neulich hab ich im Kaufhaus H. getroffen."
„Meine Nachbarin hat erzählt, dass ..."

Wieder einmal sitzen die Freundinnen rund um den Kaffeetisch, zum ersten Mal in der neuen Wohnung. Wie habe ich mich darauf gefreut! Mein prüfender Blick auf den Tisch signalisiert: alles in Ordnung; das Rosengeschirr mit passenden Servietten, Sektgläser, Bestecke und alles Zubehör scheint vollzählig vorhanden zu sein, der Kuchen, die vorbereitete Kaffeemaschine und kalt gestellte Sektflaschen warten in der Küche auf das Startsignal.
Meinen Geburtstag und das Wiedersehen nach langen Wochen gilt es zu feiern. Gespräche schwirren kreuz und quer über den Tisch, werden mit lauten Lachkaskaden und dem Klirren der Gläser gespickt.
Alles so wie immer. Die Kuchenplatte wird immer leerer, die Kaffeemaschine wartet darauf, zum wiederholten Mal in Betrieb genommen zu werden, in den Sektflaschen sieht man viel zu schnell den Boden. Dabei wird nicht nur geklatscht.
Terroranschläge und Naturkatastrophen bieten ebenfalls reichlich Gesprächsstoff. Der Anschlag in Barcelona ist erst wenige Tage alt. Wenn ich mich recht erinnere, waren schon alle Freundinnen in der berühmten Stadt gewesen, und so gibt es lebhafte Kommentare zu den Ereignissen

und Erinnerungen an eigene Erlebnisse dort. Auch die Waldbrände in Portugal und Unwetter in Afrika befeuern die Gespräche, denn eine gibt es immer, die an dem einen oder anderen Ort auch gewesen ist. Du kennst das ja, alles so wie immer.

Und dann passiert es.

Später konnte ich nicht mehr sagen, was der Auslöser gewesen ist. Vielleicht die Tatsache, dass ich mit dir auch hier und dort gewesen war, und Erinnerungen mit Macht an die Oberfläche drängten und berichtet werden wollten. Aber das Erlebte sachlich erzählen, nein, das konnte ich damals noch nicht.

Hilflos sitze ich da, spürend, wie der Kloß im Hals hochsteigt, die Augen wässrig werden und überlaufen. Die Katastrophe eines verdorbenen Geburtstagkaffees kommt näher und näher. Ich springe auf, laufe in die Küche und greife nach den dort deponierten Taschentüchern. Auch das noch, genau das wollte ich auf gar keinen Fall! Kannst du dir vorstellen, wie peinlich mir das war?

Am Kaffeetisch herrscht kurze Stille, dann gehen die Gespräche in niedrigerer Lautstärke weiter, wofür ich sehr dankbar bin. Ich komme zurück und setze mich, wir machen weiter, als ob nichts gewesen sei. Meine lieben Freundinnen, ich bin euch ja so dankbar, dass ihr die Situation ertragen, nichts gefragt und vor allem keine vorwurfsvollen oder peinlich berührten Blicke über den Tisch geschickt habt. So konnte ich mich schnell wieder ins Gleichgewicht bringen.

Es wird noch ein wunderbarer Nachmittag.

Auch so eine Erfahrung: Die meisten Menschen wollen keine Tränen sehen, zumindest nach einem halben Jahr nicht mehr. Die Geduld mit Trauernden ist bei vielen Mitmenschen begrenzt. Ich spüre es, reiße mich zusammen, schweige, beiße oft innerlich die Zähne zusammen. Keine weinerliche Stimme, Tränen schon gar nicht. Verhaltensflexibilität ist auch in der Trauer gefragt. Trauer nicht nur unter Tränen, sondern auch unter einem Lächeln. Man kann es lernen.

Anders ist es bei vertrauten Menschen, da geht mein Bemühen um Haltung oft den Bach runter; sie spüren meine Trauer an der flatternden Stimme, wenn wir telefonieren, und halten sie aus; ertragen schweigend die übers Gesicht laufenden Tränen, wenn wir uns gegenüberstehen; warten geduldig, bis ich mich wieder im Griff habe und mit normaler Stimme reden kann. Nein, es ist mir kein bisschen peinlich, bei ihnen nicht. Sollte es?

Weißt du, was ich an mir beobachte? Ich rede gern von dir, was du hier gemacht oder dort gesagt hast. Irgendwie hilft es mir, mein seelisches Gleichgewicht zu wahren, dem Trauerschmerz eine Schranke zu setzen. Es ist, als wollte ich Dich damit an meine Seite zwingen, mir eine gleichwertige Position gegenüber den Paaren erzwingen.

Natürlich erzähle ich nur Positives, Lobenswertes von dir, das stärkt irgendwie mein eigenes Selbstwertgefühl. Komisch, nicht wahr?

Du glaubst nicht, wie schön es zurzeit ist, auf der Terrasse zu sitzen. Die Hitze wabert über den Plattenboden, ich sitze gemütlich unter dem neuen Sonnenschirm, lausche dem Vogelkonzert und lese Zeitung. Ich stelle mir vor, dass du neben mir sitzt und auch in den Zeitungsseiten blätterst. Wir diskutieren über diese oder jene Nachricht, die du mir vorliest und die dich mal wieder furchtbar aufregt. Zum Beispiel die von dem Raser auf der Autobahn, der einen schweren Unfall verursacht hat. Noch mehr brachten dich Meldungen über verunglückte Bergwanderer in Rage.

Es ist unglaublich, alle diese Sonntagswanderer, die aus Leichtsinn und Selbstüberschätzung ihre Unfälle selbst verursachen. Als ob tolle Stiefel und Jacken die Lösung aller Schwierigkeiten am Berg sind. Wie kann man nur so leichtsinnig sein!

Nie werde ich folgendes Erlebnis auf einer hohen Bergkuppe vergessen: „Komm sofort von der Kante weg!" hast du geschrien, einen Satz gemacht und mich am Ärmel auf den Weg zurück gezerrt. Ich wollte doch nur ein Foto von dir machen und bin ein paar Schritte rückwärtsgegangen.

Das Gras war doch noch feucht am Vormittag, hast du das nicht gesehen? Wie schnell hättest du ausgleiten und abstürzen können! Bitte mach das nie wieder!

Der Schreck stand dir ins Gesicht geschrieben, und ich hatte ein schlechtes Gewissen.

Aber ganz ehrlich, ich vermisse unsere Gespräche schon sehr. Oft ging es ganz ernsthaft um Gott und Glaube. Deine Eltern waren gläubige Christen gewesen und hatten dich auch so geprägt. Doch dann saugte der Pietismus dich ein und bestimmte viele Lebensjahre, in denen dir Leichtigkeit und Lebensfreude abhandengekommen sind, die dir eigentlich im Blut lagen. Pflichten, Sorgen und Gebete bestimmten den Ablauf deiner Tage, bis du aus dieser Welt ausgebrochen bist. Gemeinsam haben wir dann auch die leichteren Seiten des Lebens umgeblättert.
Gläubig bist du dein Leben lang geblieben; weil ich aber genau das nicht mehr war, hat es viele gute Diskussionen gegeben. Mich hatte das Dasein gelehrt, mit dem plötzlichen Verlust geliebter Menschen weiterzuleben, mich nur auf mich selbst zu verlassen, schon gar nicht auf irgendeinen Gott, der unsichtbar, unhörbar und für mich nicht spürbar blieb. Wir haben uns die Köpfe heiß geredet – und ließen unterschiedliche Ansichten mit dem letzten Schluck Kaffee und dem letzten Brotkrümel so stehen -, um sie irgendwann wieder aufzunehmen.
Es war doch so: Nicht zwei junge Leute, sondern zwei am Ende der mittleren Lebensphase hatten sich gefunden; beide schleppten wir einen schweren Rucksack gelebten Lebens in unsere gemeinsame Küche, um

aus den mitgebrachten und einigen frischen Zutaten ein schmackhaftes Gericht für den Rest des Weges zu bereiten. Ich denke, dass es uns ganz gut gelungen ist, oder?

Jetzt gibt es niemanden in meiner Umgebung, mit dem ich so gut reden könnte, wie es mit dir war. Ehrlich.

Du fehlst mir, egal, wohin ich gehe oder wo ich stehe.
Du fehlst mir als Hiwi in der Küche, bei den vielen notwendigen Erledigungen im Haushalt.
Du fehlst mir, wenn ich mir etwas Neues zum Anziehen gekauft habe und du meine Neuerwerbung nie mehr begutachten kannst.
Du fehlst mir bei der Bewunderung eines traumhaften Sonnenuntergangs, wenn der Himmel zu brennen scheint, wenn die Abendwolken sich an einem betörenden Farbenspiel berauschen.
Es ist schwer, etwas alleine schön zu finden, es ist, wenn es hochkommt, halb so schön. Dass Schönes so seinen Glanz verlieren kann!

Schau, da ist er wieder! Lautlos lässt sich der rote Milan immer tiefer sinken, streckt seinen Kopf vor, als ob er mich begrüßen und mir sagen will: Ich bin hier, ich passe auf dich auf, sorge dich nicht. Vielleicht klingt es hysterisch, aber ich fühle mich bei seinem Anblick irgendwie getröstet.

Du musst Dich nicht schämen. Alles, was dich beruhigt, ist gut und richtig.

Ich denke oft beim Auftauchen des majestätischen Vogels, dass er meinen Frühstückstisch inspiziert. Nein, ich muss ihn enttäuschen, bei mir gibt es Kaffee, Brötchen und Ei, keine Mäuse. Gleich wird er abdrehen und sich ein Revier suchen, das ihm mehr Jagdglück beschert, was ich gut verstehen kann. Manchmal verfolge ich seinen schaukelnden Flug mit dem Fernglas, solange ich ihn sehen kann, und wünsche ihm Erfolg beim Jagen.

Wenn ich auf der Terrasse sitze, sehe ich nicht nur, wie gut die Büsche und Gräser wachsen, sondern auch das Unkraut, und ich weiß, dass ich mich bald wieder an das Jäten machen muss. Gut, dass die Tröge so hoch sind und ich mich nicht bücken muss. Da ist die Arbeit bald getan. Die Gedanken wandern zu den wunderbaren Spalierrosen, die wir in unserem gemeinsamen Leben hatten, deren flammende Blüten wir an jedem Sommertag bewunderten. Vorbei.

Manchmal habe ich das Gefühl, als ob sich die Tränen in mir anstauen, wie Wassertropfen, die unmerklich einen Eimer füllen, bis er überläuft; ich laufe auch über und muss furchtbar weinen, bis mein innerer Eimer leer ist und sogleich anfängt, sich wieder mit Tränen zu füllen. Wird er jemals für immer trockenfallen?

Von Tag zu Tag wird es heißer, der Sommer läuft zur Hochform auf, schenkt mir Badetage, Terrassentage, Wandertage zuhauf.

Und bringt unseren letzten gemeinsamen Sommer zurück, der kaum noch ein gemeinsamer war. In deinem Krankenhausbett hast du wie die anderen Patienten auch unter der nicht enden wollenden Hitze gelitten. Wie gelähmt stand die heiße Luft in allen Zimmerecken, dein Schlafanzug klebte feucht an dir wie eine zweite Haut. Zum Glück befand sich vor den Krankenzimmern ein umlaufender, schattiger Balkon. Gleich, wenn ich kam, organisierte ich zwei Stühle, half dir beim Aufstehen und brachte dich nach draußen. Ganz still hast du dagesessen, die frische Luft eingesogen wie ein Erstickender, die Teetasse mit deinen Händen umklammert, als wolltest du dich an ihr festhalten. Wir saßen Hand in Hand und schwiegen. Viel zu sehen gab es da draußen im grauen, schmucklosen Hof nicht. Du hast die an- und abfahrenden Autos beobachtet, Rettungswagen, die ihre kranke Fracht abluden und neue holten; Menschen, hauptsächlich solche in weißen Kitteln, die mit eiligen Schritten kamen und gingen, Schwestern und Besucher, die umherschlendernd eine Zigarette rauchten. Deine Welt war auf diesen Ausschnitt zusammengeschrumpft, aber ich glaube, du warst dir deren Kleinheit und Enge nicht mehr bewusst.

Nie werde ich vergessen, wie ich mich an jenem Abend von dir verabschiedet habe.

Du wolltest auf keinen Fall zurück in dein Bett, war doch die große Hitze gerade erst einer etwas sanfteren Wärme gewichen; eine Schwester würde dir später zurück ins Bett helfen. In der Tür drehte ich mich noch einmal um, sah dich zusammengesunken und ganz still dort draußen sitzen. Mein Herz krampfte sich zusammen, ich fühlte mich so schmerzlich hilflos, konnte ich doch deine Situation nicht verbessern. Ich starrte auf deinen Rücken, stand eine Weile wie angewurzelt; habe ich auf irgendetwas gewartet? Worauf? Doch du hast dich nicht umgedreht.

An deinem Geburtstag bringe ich dir eine rote Rose auf den Friedhof. Ich starre ich auf deinen Namen auf dem hölzernen Kreuz.

Neulich habe ich im Radio „Die vier Jahreszeiten – Frühling" gehört. Sofort war ich elektrisiert, denn mit dem Stück hast du deinen Filmzyklus „Vier Jahreszeiten" begonnen, nachdem der Eintritt ins Rentnerdasein vollzogen war. Dein Film zog an meinen geschlossenen Augen vorüber, mit jedem Wassertier und jedem Vogel, der darin zu sehen war, mit dem glitzernden Wasser und glucksenden Wellen, leise flüsterndem Schilf und knisternden Blättern. Aber es ist wohl albern, wenn ich dir deinen eigenen Film beschreiben wollte, nicht wahr?

Film ansehen mit geschlossenen Augen, auch das geht.

Kannst du dich erinnern, wie wir unsere Geburtstage, die nur drei Tage auseinander liegen, meistens verbracht haben?

Klar. Gemütlich und ausgiebig gefrühstückt haben wir natürlich, dann einen Ausflug oder Spaziergang gemacht und sind abends zu einem schönen Essen ausgegangen.

Vor einem Jahr ging das alles nicht mehr. Du hast es nur bis zur ersten Bank am Bärensee geschafft. Dort saßen wir dann, vor uns der See und im Rücken der Wald; laue Luft legte sich um uns und machte dir das Atmen leicht. Ich hatte meinen Arm unter deinen, meine Hand in deine geschoben. Ganz still saßen wir da und sahen den schnatternden und zankenden Enten und Blesshühnern zu. Das Wasser glitzerte unruhig, aufgewühlt von den Wasservögeln. Wir waren zusammen, noch, nur das zählte.

Die Wege am Bärensee. Zwanzig Jahre lang habe ich dort mit meinem Freund Laufrunden gedreht und vertrauliche Gespräche geführt, das hat uns beiden immer richtig gutgetan. Wir haben über Schwierigkeiten beim Filmeschneiden geredet, davon habe ich dir dann auf dem Heimweg erzählt; ich habe ihm Ratschläge für seine Urlaubsfilme gegeben, waren meine Erfahrungen mit der Filmtechnik doch um einiges umfangreicher als seine.

Nach dem Laufen haben wir mit den Freunden im Bärenschlössle gefrühstückt, das war ein schönes Ritual über viele Jahre. Themen zum Reden gab es genug, angefangen bei den verschiedenen Hobbies bis zur aktuellen Politik und zum Sport. Die Terroranschläge in aller Welt – Kabul, Teheran, London, es war zum Fürchten; sie wurden weniger schrecklich, wenn man darüber sprechen konnte. An die Diskussion über „Kitsch oder Kunst" erinnere ich mich noch heute.

Dort in der wunderbaren Natur spüre ich deine Anwesenheit besonders deutlich. Gerade unter den ganz alten, knorrigen Bäumen, sie haben es mir angetan, einer ganz besonders. Er wirkt auf mich so feierlich, eingerammt in die Erde wie ein Altar im Wald, ist so etwas wie eine heilige Stätte, wie es sie seit Urzeiten für unsere Vorfahren in der Natur gab.
Immer bleibe ich bei dem Baumveteranen für ein paar Minuten stehen und schaue empor. Die am weitesten ausladenden Äste hat man entfernt

oder gekürzt wegen Abbruchsgefahr. So steht der verstümmelte Riese mit seiner versteinerten Borke da, als habe er die Oberaufsicht über Wälder, Seen und die herumspazierenden Besucher für alle Ewigkeit. Fehlt nur noch, ich fange an, laut mit ihm zu reden.

An einem anderen Platz im Wald liegt ein uralter Baumstamm und demonstriert mir die Vergänglichkeit alles Lebenden. Er liegt dort, seitdem ich den Wald kenne. Wenn ich nach Wochen wieder an dem alten, kranken Mann vorbeikomme, habe ich den Eindruck, es ist wieder ein bisschen weniger von ihm übrig! Immer mehr von ihm wird zu rötlichem Staub, nur seine beiden Enden sind noch als Stamm erkennbar. Wie deutlich wird hier, dass alles Lebende zu Staub zerfällt. Auch bei dieser hölzernen Mumie bleibe ich immer für ein paar Gedenkminuten stehen.

Das war damals dein letzter Spaziergang am geliebten See. Danach ging nichts mehr.

Jetzt sitze ich an deinem Grab, es ist ein tränennasser Geburtstag an einem trockenheißen Tag. Nur allzu deutlich spüre ich: Ich habe die Hälfte meines Ichs verloren, sie liegt hier auf dem Friedhof.

Zu Hause stelle ich einige Rosen neben den blauen Elefanten; er hat es verdient, denn er gibt mir so viel Kraft.

Der Professor im Krankenhaus versucht, mir die Funktion meines Gehirns in dieser Situation zu erklären, um mir die schwierigen Tage und Wochen leichter zu machen; warum trauere und weine ich so sehr? Er sagt, mein Gehirn müsse sich umorientieren, ihm fehlen die Reaktionen des Partners, die es stets in das eigene Denken mit einbezogen habe, es fehle das andere Ende des Gedankenfadens. Ich sei wie amputiert, mein Kopf müsse lernen, auf deine Reaktionen zu verzichten, und das brauche mindestens zwei Jahre. Schmerzhafte Jahre, denn: Ich will nicht verzichten.

Der Kummerschmerz hat mich fest im Griff. Rings um mich sehe ich nur, was ich verloren habe, der Weg zur Anpassung an die neuen Gegebenheiten ist noch weit. Mein Kummer zwingt mich zum Innehalten, zum Nachdenken, dazu, die Weichen für das kommende Leben neu zu stellen. Verdammt, warum ist das Leben bloß so schwer zu ertragen!

Trockene Böden,
Warten auf Regen im Land.
Benetze mein Herz.

8 ... August

Die Sommertage sind wunderbar warm und wolkenlos, fordern mich zum Schwimmen auf. Also ziehe ich die ständig gepackte Badetasche aus dem Schrank, fahre zum Freibad und nehme die in zwanzig Sommern eingeübten Rituale wieder auf, als gebe es nichts anderes, als müsste es so sein, wie es immer war. In bekannten Ritualen fühle ich mich sicher, sie sind wie ein markierter Weg in den Bergen; man weiß, was man zu tun, wohin man zu gehen hat, alles andere birgt nicht vorhersehbare Risiken. Das Wörtchen „neu" mal nicht mitdenken zu müssen, ist eine Wohltat. Den Weg kennen, die Anlage, die Räumlichkeiten, die Abläufe. Auf geht`s!
Die Sonne glitzert auf der bewegten Wasseroberfläche – wie immer. Der Himmel spannt sich über Wiesen und Wasser wie ein blauer Schirm – wie immer. Vögel toben in den Bäumen, die auf der weitflächigen Liegewiese stehen – wie immer. Kleine Kinder rennen unbekümmert über ausgebreitete Handtücher – wie immer. Ein Fußball knallt gegen die Bank, Erwachsene schimpfen – wie immer.
Im Sportbecken schaufeln schnelle Krauler das Wasser in großen Haufen zu beiden Seiten auf langsamere Genussschwimmer, Frauen ziehen zu zweit oder dritt nebeneinander, im Aquajogging, schwatzend, ihre langsamen Bahnen, bremsen die schnellen Schwimmer aus und stören sich nicht im Geringsten an deren ungehaltenen Blicken.
Wie früher werde ich meine Runden im sportlich kalten Wasser drehen, werde auf dem Rücken schwimmen und einem Flugzeug nachsehen, das weit oben zum Horizont zieht. Weiße Wolkenhaufen bewegen sich in die

Gegenrichtung. Darunter schießen schwarze Vögel pfeilschnell über Becken und Liegewiesen.

Hin und wieder werde ich einen Blick hinüber zum Sportbecken werfen und dich sehen, so wie früher, wie du die langen Bahnen schwimmst.

Tausend Meter mussten es immer sein. Unter dieser Distanz ging nichts, egal, wie kalt das Wasser war. Dann war ich so richtig schön ausgepowert.

Da werde ich schon eine ganze Weile im Warmwasserbecken sitzen und genießen, wie das heiße, sprudelnde Wasser meine abgestorbenen Finger auftaut und wohlige Wärme in den Körper zieht. Dann wirst du herüberkommen, und wir werden noch eine ganze Weile im warmen Wasser verbringen und reden, was ich jetzt schmerzhaft vermisse. Ich kann ja schlecht alleine mit mir reden, nicht wahr, wenn ich nicht dumm auffallen will. Wenn ich nun allein im Wasser bin, wenn ich rechts und links die Menschen lachen und reden höre, wenn ich sehe, wie Pärchen sich verstohlen einen Kuss geben, spüre ich deine Abwesenheit wie eine klaffende Wunde.

Doch ich träume das alte Ritual weiter.

Wir werden uns umziehen und zum zweiten Teil des Aufenthaltes übergehen.

Ich habe uns Kaffee und belegte Brötchen geholt, während du nach einem Tisch im spartanischen Café geschaut hast, das den Namen „Café" kaum verdient, und die Zeitung zurechtlegst.

Essen, lesen, heißen Kaffee genießen. So war es jahrelang, so sollte es für immer bleiben. Habe ich das wirklich geglaubt, bin ich so naiv gewesen?

Jetzt zwinge ich mich innerlich zur Ruhe, zum Lesen und Kaffee trinken. Und schlucke mit dem Kaffee die aufsteigenden Tränen mit hinunter. Nein, ich werde nicht weinen, nicht hier unter den vielen Menschen, die ihre freien Tage genießen, die alle so entspannt aussehen, nur ich nicht. Die miteinander plaudern, rauchen, trinken, nur ich nicht. Die so sorglos scheinen, nur ich nicht.

Ich möchte auch locker dasitzen und mich wohlfühlen. Doch so ist es nicht, noch nicht. Trotzdem tupfe ich ein Lächeln in mein Gesicht. Ob ich unsere Wohlfühlatmosphäre je wieder erreichen werde, was sagst du? Ich soll nicht so weinerlich sein? Du hast gut reden, aber wohl Recht.

Also, ich fahre jetzt besser nach Hause. Und werde in zwei, drei Tagen wiederkommen. Den ganzen Sommer lang.

Wollen wir nicht einmal eine Kreuzfahrt machen?
Ist das dein Ernst?
Ja, schon. Warum nicht? Das wäre mal eine ganz neue Erfahrung. Wandern in den Bergen kennen wir doch zur Genüge.
Aber die vielen Menschen, tausende sind da unterwegs. Wenn ich bloß daran denke!
Mitreden können wir doch erst, wenn wir das einmal gemacht haben. Die Flussreise von St. Petersburg nach Moskau hat dir doch auch gefallen.
Muss ich zugeben. Das Wetter war oft scheußlich, aber unterwegs auf dem Wasser war es nie langweilig. Immer gab es an den Ufern etwas zu sehen. Und zu filmen. So viele Kulturdenkmäler!
An manchen Abenden an Bord haben wir sogar russisch gelernt und russische Lieder gesungen. Also zumindest versucht, und nicht nur „Kalinka".
Ganz zu schweigen von den Unmengen an Filmmaterial, das ich mit nach Hause genommen und aus dem ich in wochenlanger Arbeit einen ganz passablen Film geschnitten habe.
Ganz passabel ist gut, er war erstklassig.
Also gut, wir können es ja mal versuchen.

Dein Vorurteil, das ich so gern widerlegt hätte, wurde allerdings brutal bestätigt Die Reise wurde zum Alptraum. In einem Hochhaus unterwegs, anders war unsere Unterkunft kaum zu beschreiben. Auf Schritt und Tritt so viele laute Menschen! Nie werde ich vergessen, dass immer alle Liegen belegt waren, wenn wir an Deck kamen, dass überall entsetzlich laute Musik und Aktionen im Gang waren, wo wir unseren Fuß hinsetzten, dass man kaum irgendwo in Ruhe seinen Kaffee trinken und ein Gespräch ohne erhöhten Stimmaufwand führen konnte, weil der Lärmpegel niemals abschwoll. Oft fühlten wir uns total erschlagen von dieser kriegerischen Lärmmaschinerie und sind so manches Mal auf unseren kleinen Balkon geflüchtet. Da war es schlagartig still, wir waren mit Meer, Wind und Sonne allein. Herrlich! Was für ein unbeschreibliches Gefühl, vom elften Stock des Schiffes auf die unendliche Weite des Meeres zu schauen mit seinen grauen Wogen bis ans Ende der Welt. Ein Gänsehautgefühl!

Der Aufenthalt in den Hafenstädten dagegen, in die das Schiff einlief, war fast immer unerträglich. Touristenschwärme, die lärmend von den Schiffen strömten, - denn unseres war beileibe nicht das einzige in den kleinen Häfen -, überfielen die malerischen Orte wie ein Tsunami. Nirgends gab es ein freies Plätzchen zum Sitzen und Ausruhen, zum Herumschauen und Genießen. Bis wir kamen, waren alle anderen schon da. Meistens flüchteten wir in eine stille Nebenstraße und blieben dort, bis es Zeit war, aufs Schiff zurückzukehren.

Kein Wunder, dass diese Reise unsere einzige Kreuzfahrt blieb. Das „Hab ich doch gesagt" hast du mir liebenswürdigerweise erspart.

Doch die Idee ließ mich nicht los. Warum nicht doch noch einmal eine Kreuzfahrt probieren? Ganz woanders hin, Richtung Südosten zum Beispiel.

Beim Katalog wälzen machte ich eine ganz neue Entdeckung: Alleinreisende zahlen einen Aufschlag, der mal mehr, mal weniger hoch ist. Der Knüller war ein Angebot mit einhundertprozentigem Aufschlag. Auch für ein Hotelzimmer zahlst du meistens einen Aufpreis. Kinder dagegen wohnen oft kostenlos im Zimmer ihrer Eltern. Im Restaurant musst du aufpassen, nicht in die dunkelste und ungemütlichste Ecke, gleich neben der Toilette womöglich, abgeschoben zu werden. Eine Bekannte hat mir erzählt, dass sie in einem Ferienort, als sie sich an einen freien Zweiertisch in einem Straßencafé setzen wollte, mit den Worten vertrieben wurde, dass er nur für Paare sei. Die Ohrfeige sitzt. „single-woman-bashing" eben. Ich fühlte mich zur Höchststrafe verdonnert. Was hatte ich verbrochen? Ich fühlte mich bestraft für eine unverschuldete Situation, wo doch schon genug gesellschaftlicher Druck auf mir als allein reisender, älterer Frau lastete.

Zwei Jahre später fand mein Reisebüro eine Kreuzfahrt zu guten Konditionen. Die Reise wurde ein Knüller.

An Zuzahlungen für Reisen und Hotelzimmer, wenn sie denn maßvoll sind, habe ich mich inzwischen gewöhnt. Zähneknirschend.

Eins ist Tatsache: Ich habe die gesellschaftliche Gruppe gewechselt. Die Tür zum Raum der Paare fiel hinter mir zu; plötzlich stand ich in dem der Alleinlebenden und −reisenden. Dass es viele davon gab, war für mich kein Trost, ich fühlte mich sehr allein.

Nie werde ich ein Erlebnis vergessen, das ich vor Jahren in Malaysia hatte. Der Reiseleiter lud unsere kleine, Rad fahrende Truppe zu sich nach Hause ein. Seine vielköpfige Kinderschar musste zu unserem Empfang antreten. Jedes Kind trat einzeln vor und küsste mir die Hand unter den wachsamen Augen des Vaters. Ehrfurcht vor den Ahnen und vor dem Alter lehrt sie ihre Religion. Nun muss mir gewiss heute niemand die Hand küssen, aber abgeschoben, in die Ecke gestellt werden möchte ich auch nicht.

Und wie hört sich diese Geschichte an, die mir eines Tages eine Mitwanderin erzählte?

Sie sei allein in einem südlichen Land in Urlaub gewesen und wollte sich für einen Kaffee in einem Straßencafé´ an einen freien Zweiertisch setzen. Sogleich sei ein Ober gekommen und habe sie zum Gehen aufgefordert mit dem Hinweis, man dürfe sich nur zu zweit dort hinsetzen. Wie muss sich diese Frau unter den mitleidigen oder schadenfrohen Blicken der paarweise auftretenden Touristen an den anderen Tischen gefühlt haben? Ich kann es mir lebhaft vorstellen.

Wir akzeptieren so viele Lebensformen, gleichgeschlechtliche Beziehungen, Patchworkfamilien, Polyamorieformen ...nur mit alleinstehenden Frauen über vierzig scheint die Gesellschaft keinen Frieden machen zu können. Sie sind stigmatisiert.

Es stimmt bei Weitem nicht, dass alle Singlefrauen auf der Jagd nach einem Mann sind. Ich habe gelesen, dass alleinstehende Frauen mehr unternehmen und mehr Freunde haben als Frauen mit Partnern. Bei Männern in derselben Situation ist es genau umgekehrt, sie bleiben eher allein zu Hause.

Die Flusskreuzfahrt auf der Rhone mit Freunden dagegen wurde zu einer richtig beschaulichen Angelegenheit. Wir saßen so manches Mal an Deck, ein Glas Sekt in der Hand, während eine stille, in der Hitze flimmernde Landschaft an uns vorbeizog. Da konnten wir so richtig schön relaxen und ja, auch tratschen über die Mitreisenden, über alles, was uns wichtig war. Du hättest dich bestimmt amüsiert.

Mit den anderen Gästen an unserem Tisch ergab sich eine angenehme Tischgesellschaft bei den Mahlzeiten. Jede Minute habe ich dankbar genossen, nicht allein zu sein; ich sage dir, Einsamkeit unter vielen Menschen kann so schmerzen. In den Kirchen, die wir besichtigten, habe ich für dich eine Kerze angezündet, du warst mir dann ganz nah. Wie gern hätte ich dich neben mir gehabt! Die Reise wäre vollkommen gewesen und wir zusammen ein Ganzes.

Ein Dreivierteljahr später würden wir Drei noch viel weiterreisen, wir würden nach Japan fliegen und dort eine Rundreise machen in einer ganz fremden Welt. Deine Filmkamera wäre heiß gelaufen von den tausendfachen Möglichkeiten für wunderbare Aufnahmen. Die fremden Städte und

Landschaften, eine andersartige Kultur, Hiroshima und Nagasaki, und und und …

Wäre. Hätte. So ist es eben nicht gewesen.

„Kannst du bitte in der Stehlampe die Glühbirne auswechseln?"
War da was? Nein, die Bitte verweht in der Stille der Wohnung. Kein Echo. Kein „Ja, mach ich" oder „Später, ich habe jetzt keine Zeit." Nichts. Solche Wünsche kann ich mir von nun an sparen, denn die neue Devise lautet schlicht: Mache es selbst, lass es ganz oder suche dir jemand zur Hilfe. So wird es von jetzt an sein, wobei das Auswechseln einer Glühbirne noch eine der leichtesten Übungen ist. Selbst für das Öffnen einer fest zugeschraubten Wasserflasche muss ich mir etwas einfallen lassen. Zum Glück gibt es Freundinnen mit gleichen Erfahrungen und Problemen, der Austausch von Ratschlägen wie dem Benutzen eines Nussknackers zum Flaschenöffnen funktioniert problemlos. Und wenn der Durst auf Wanderungen groß genug ist, gehe ich auch schon mal auf einen unbekannten Mitwanderer mit der Bitte zu, mir meine Flasche zu öffnen. Den erstaunten oder belustigten Blick ignoriere ich dann einfach, die Hauptsache, meine Flasche ist offen.

Vielleicht hätte ich auch für das Aufhängen eines Geburtstagsgeschenks in Form eines fragilen Ballons vorab Ratschläge einholen sollen.

Der kleine, rote Ballon, zerbrechlich wie eine Weihnachtskugel, befestigt am fast unsichtbaren Perlonfaden, begeisterte mich, und ich sah ihn im Geiste schon im Bad vor den weißen Kacheln, die den Faden so gut wie unsichtbar machten, hängen. Das Seidenbändchen als Halteschnur würde ich dem kleinen Puppenharlekin in die Hand drücken. Ein kleiner Schraubhaken in die Holzdecke, fertig, leichte Übung. Dachte ich.

So stieg ich auf die Leiter, reckte mich und versuchte, das Gewinde in das Deckenholz zu drehen. Was hat mich bloß glauben lassen, dass das einfach sei? Der Haken verschwand auf Nimmerwiedersehen hinter der Waschmaschine, der Ballon zersprang in tausend Splitter auf dem Boden

– und ich? Hatte zu tun, mit dem Schrecken und Ärger in den Knochen wieder sicher auf den Boden zu gelangen.

Mir war elend zumute. Meine Unfähigkeit trieb mir die Tränen in die Augen, und ja, du bist schuld, dass ich alles alleine machen muss, woher soll ich das auch können, solche Sachen hast du immer gemacht, und überhaupt ...Ich heulte.

Nach meiner Beichte des Missgeschicks bekam ich einen neuen Ballon geschenkt; allerdings mit der Auflage, auf keinen Fall wieder einen Anlauf zum Aufhängen zu machen, sondern zu warten, bis einer der beiden Söhne Zeit dafür haben würde. So ist das jetzt. Warten, dass jemand kommt und das Problem für mich löst. Was bleibt mir auch anderes übrig?

Für das Anbringen eines neuen Rauchmelders oder dem Auswechseln der Leuchtröhre in einem Hochstrahler habe ich mir gleich Hilfe geholt; es gibt auch hilfsbereite Nachbarn.

Die warmen Sommertage eilen mit großen Schritten dem Herbst entgegen, die hiesige Zeitung kündigt schon das Ende der Badesaison an. Also noch einmal die Tasche gepackt, noch einmal hinaus ins Freibad und schwimmen im großen Becken, bis ich zum Eisklotz werde; ich schwimme für dich mit, mein Lieber, auch wenn es keine tausend Meter werden.

Noch einmal sonnen, bis die Sonne auf den Armen brennt, Kaffee trinken und Zeitung lesen im Schatten eines Sonnenschirms. Terrormeldung aus Barcelona, der Überfall von Hurrikan Harvey auf Texas und Houston mit vielen Toten. Die Schreckensmeldungen nehmen kein Ende.

Auch auf der sonnendurchtränkten Terrasse verbringe ich noch zahlreiche Stunden mit Lesen und Träumen – und überlege dabei schon, wie ich die Möbel für die Wintermonate zusammenrücken und abdecken muss, welche Gegenstände in den Keller zu bringen sind und vor allem, wie. Der neue Sonnenschirm und die blauen Kugeln sind schwer. Wie kann ich die in den Keller schaffen?

Nimm doch diese Holzplatte auf Rädern mit der Ziehvorrichtung, die wir zusammen im Baumarkt gekauft haben, um uns das Transportieren schwerer Gegenstände zu erleichtern. Mit Hilfe dieses Vehikels kannst du alles über den Fahrstuhl in den Keller schaffen. Das klappt bestimmt.
Super. Das kriege ich hin.

Und wie bereitet man Sträucher und Gräser auf den Winter vor? Du warst der Fachmann für diese Arbeiten, darum habe ich mich kaum gekümmert. Lange beschäftigt mich dieses Problem allerdings nicht. Ich hole Ratschläge bei befreundeten Gartenliebhabern ein, entschließe mich dann aber doch, einfach alles kurz zu schneiden, fachmännische Anweisungen hin oder her. Viele Gartenfreunde würden die Hände über dem Kopf zusammenschlagen, du sicher auch. Macht nichts. Resiliente Typen halten das aus.

Ach du liebe Güte, was sind das denn für Menschen?
Was das sind? Leute, die sich den Widrigkeiten des täglichen Lebens mit aller Kraft entgegenstemmen und daran arbeiten, ihre Lebensbalance wiederzufinden. Ja, daran arbeite ich. Zufrieden?

Kühler die Tage.
Fahre die Ernte nun ein.
Meine Hände – leer.

9 ... September

Plötzlich ist es kalt geworden, die Terrassentür bleibt geschlossen. Das bin ich nicht gewöhnt, wochenlang hatten frischer Wind und die Geräusche aus Wald und Feld freien Eintritt bei mir.
Traurig schaue ich nach draußen. Kein Frühstück mehr auf der Terrasse, kein Schwimmen im Freibad. Ob die schönen Tage im Freien noch einmal zurückkommen? Ich fühle mich eingesperrt, auf mich selbst zurückgeworfen; und ahne, dass umso mehr Erinnerungen sich aus den Zimmerecken wagen werden, je weniger Ablenkung von außen möglich ist. Die dunklen und trüben Tage kommen ja erst noch.

Ich werde dir helfen, zusammen werden wir es schaffen.

Vor einem Jahr waren es deine letzten Wochen zu Hause. Wir kämpften mit der intravenösen Ernährung, mit den Problemen des schwierigen Toilettengangs, die in der Benutzung einer Urinflasche mündeten; du wehrtest dich dagegen mit Händen und Füßen und musstest dich doch dareinfinden, es ging einfach nicht anders. Kostbar waren die Stunden des einfach nebeneinander Sitzens mit Kaffeetrinken, Zeitunglesen oder Fernsehen. Die Zeit unserer Zweisamkeit raste wie ein Satellit unaufhaltsam ihrem Ende entgegen, die gemeinsame Zukunft war schon auf die Zielgerade eingebogen.

Mit aller Kraft wehre ich mich dagegen, mir von zunehmender Kälte und Nässe, von kürzeren Tagen und längeren Nächten die Luft zum Atmen nehmen zu lassen. Ich muss raus, laufen, frische Luft atmen, Wind und Kälte spüren, solange ich es draußen noch aushalten kann. W und W Wanderungen habe ich diese Spaziergänge genannt, wandern und weinen, hinauf zum Kummerberg, - auch eine Bezeichnung von mir, findest du sicher nicht gut, hm? -, wo Wind und wachsame Raubvögel, die die einsame Läuferin schon kennen, mich erwarten. Niemand kann solche Gefühle und Sehnsüchte so gut verstehen wie du, der du die Natur so geliebt hast. Der Wind nimmt Trauer und Tränen von mir fort, schleppt sie hinüber zum Schwarzwald und entsorgt sie in den dunklen Tannen; leergeweint, erschöpft, aber auch ein ganzes Stück erleichtert, kehre ich nach Hause zurück.

Meine Tagebuchnotizen sprechen für sich:

„Ich vermisse dich so! Könnte ich doch unser Schicksal rückgängig machen! Heute kommt mir unser letztes gemeinsames Jahr wieder so unwirklich vor, wie ein schlechter Traum, dabei ist alles grausame Wirklichkeit gewesen. Der Herbst in diesem Jahr ist wunderbar bunt und manchmal sonnig, die Farben sind in den letzten Tagen explodiert. Habe ich die so traumhaft schön gefärbten Bäume vor einem Jahr gar nicht gesehen vor lauter Kummer? Je bunter es draußen wird, umso mehr schmerzt mich das Alleinsein. Warum bist du nicht bei mir geblieben?"

Manchmal bleibt mir mein eigenes Gejammer beim Blick in die Tageszeitung im Hals stecken. Eine Katastrophe folgt der vorangegangenen, sie schlagen sich um den ersten Platz in den Medien; unzählige Menschen verlieren ihr Leben und lassen noch mehr Trauernde zurück, von zerstörten Städten und Landschaften ganz zu schweigen: sei es ein Terroranschlag auf die U-Bahn in London, der Hurrikan Irma in der Karibik oder ein Erdbeben in Mexiko. Die Zeitung ist voll von den großen Katastrophen in der Welt. Sollte meins daneben nicht ganz klein werden?

Ja, das finde ich aber auch. Vielleicht wäre es auch nützlich, mal über den berühmten Tellerrand hinauszuschauen und den Blick auf Freundinnen zu lenken, denen es schlechter geht als dir; du weißt schon, wen ich meine. Ja, ich weiß, sie haben an ihrem Rucksack voll körperlicher Schmerzen und seelischem Kummer schwer zu tragen. Sie sind mir in diesem Jahr viel näher gerückt und füllen die Leerstellen, die durch dein Fortgehen entstanden sind.

Zum Beispiel Rita.

Vom ersten Augenblick an hatte sie meine Sympathie, die lebenslustige Wienerin mit braunen, lebhaften Augen, in denen manchmal der Schalk aufblitzte, unter dem dunkelbraunen, kurz geschnittenen Haar. Ihr sympathischer Wiener Dialekt fing mich gleich ein, als ich sie kennen lernte. Wir verstanden uns auf Anhieb.

Doch irgendwann riss der Faden für längere Zeit ab. Zufällig trafen wir uns in einem Sportstudio wieder, in dem sie gegen schmerzhafte Rückenbeschwerden ankämpfte. Ich war sehr betroffen, sie so zu sehen, wie du dir denken kannst, und beschloss spontan, was ein Zufall gewesen war, zu einer Dauereinrichtung werden zu lassen: Sie besuchen, zusammen essen, Kaffee trinken, reden. In der Hoffnung, sie zumindest für kurze Zeit von ihren Schmerzen ablenken zu können – und mich von meinem. Ritas Leiden hatte Einsamkeit im Schlepptau, die sich in den Wohnungsecken einnistete wie unerwünschte Insekten; es fiel ihr schwer, die Wohnung für mehr als Arztbesuche und notwendige Einkäufe zu verlassen. Einsamkeit ist inneres Sterben auf Raten, der Kampf dagegen harte Arbeit. Die Freundin in Wien, mit der sie jeden Sonntag telefonierte, war unerwartet verstorben. Eins kommt zum anderen, ich weiß, wovon die Rede ist.

„Bitte, rede mit mir." Wenn dieser Anruf kommt, weiß ich, dass es Rita schlecht geht. Mit Pizza oder Kuchen tauche ich nun regelmäßig bei ihr auf, der Kaffee ist schon fertig, der Tisch gedeckt. Wir reden und reden und reden… Ich liebe ihren wienerischen Schmäh.

Glaube mir, nicht nur ihr, sondern auch mir tun diese Besuche gut. Weg von meinen Problemen, hin zu ihren, die gleiche Wellenlänge spürend über interessante Zeitfragen reden und Rita durch unser Gespräch Munition für den Diskussionskreis liefern, an dem sie seit kurzem wieder teilnimmt. Nein, es geht beileibe nicht um Arztbesuche, die wurden gleich von Anfang an zu einer Randnotiz herabgestuft.

Von diesen Begegnungen erfüllt, fahre ich dann nach Hause. Ja wie, hatte ich meinen eigenen Kummer wirklich ganz vergessen? Es scheint so.

Zu einer Dauereinrichtung sind auch meine Besuche bei meiner Freundin aus Studienzeiten geworden. Bald sechzig Jahre ist es her, dass wir uns an der Pädagogischen Hochschule in Kiel kennengelernt haben. Die Wellen des Lebens haben uns zusammengespült und wieder auseinandergerissen. Sie kehrte nach den Prüfungen zurück an die Nordseeküste, und wurde dort Lehrerin, ich zog in ein kleines Dorf nahe der Elbe und unterrichtete dort. Da das Zeitalter von E-Mails, SMS und Facebook noch nicht angebrochen war, gingen Briefe zwischen Meer und Fluss hin und her.

Unser Privatleben nahm ebenfalls Fahrt auf, auf Verlobungs- folgten Hochzeits- und Geburtsanzeigen und auch Einladungen. Irgendwann in einem warmen Sommer besuchte ich Marianne auf ihrem Bauernhof hinterm Deich mit meinen Kindern. Sie hatte einen Landwirt geheiratet, mit ausgedehnten Ländereien und Ställen; mit Wonne sprangen meine Jungen, Stadtkinder eben, im Schweinestall herum.

Dann verließ ich Schleswig-Holstein Richtung Süden, und unsere Freundschaft sank in den Winterschlaf. Mal hier ein Anruf „Mein Vater ist verstorben" oder da eine Mitteilung „Ich habe den Schulort gewechselt".

Aus Lehrerinnen wurden Rentnerinnen, aus unseren Kindern Mütter und Väter, aus uns Großmütter. Telefonate drehten sich jetzt meistens um die Enkelkinder, um deren Talente und Taten – und wurden im Laufe der Jahre wieder seltener.

Wie ein Kabel, das auf dem Ozeanboden lag, verborgen vor dem Tageslicht und den Menschen, und doch reißfest und stark, so sank unsere Beziehung auf den Grund unseres Lebens. Doch Marianne und ich wussten um ihre Haltbarkeit. Ich war überzeugt, dass wir sie wieder ans Tageslicht holen würden, wenn ihre Zeit gekommen war.

So war es dann auch.

Ich traf sie wieder in einer Seniorenwohnanlage meiner näheren Umgebung, in der ihre Töchter sie einquartiert hatten.

Meinem ersten Besuch in der Wohnanlage folgten bis heute viele. Sie sind anstrengend, denn Marianne setzt andere Prioritäten in unseren Gesprächen als ich. Es ist, als ob wir auf unterschiedlichen Wellenlängen, in verschiedenen Zeitaltern unterwegs sind. Aber gilt Freundschaft nur, solange vollkommene Übereinstimmung besteht im Denken und Fühlen, solange die Schritte durch die noch verbliebenen Tage des Lebens die gleiche Länge haben? Ich habe beschlossen, kürzere Schritte zu machen, ihr bereitwillig in die Vergangenheit und zu den Gesprächsthemen zu folgen, die ihre Gedanken bevölkern und meistens über sechzig Jahre zurückliegen. Dahin bewegt sie sich mühelos, während die Gegenwart für sie nicht leicht zu bewältigen und manchmal ein Buch mit sieben Siegeln ist.

Heute besuche ich sie regelmäßig in ihrer Seniorenwohnanlage.

Rita und Marianne. Zwei Frauen, denen ich Gutes tun kann und die mir Gutes tun. Wir begegnen uns auf Augenhöhe, spielt doch die körperliche Fitness bei unseren Treffen keine Rolle. Der Gedankenaustausch ist es, die gemeinsame Freude an Gesprächen, auf leichten Spaziergängen und beim Kaffeeklatsch. Unter Freundinnen alles ganz normal.

Bist du mit mir zufrieden? Ja? Dann bin ich es auch.

Wenn ich durch die Straßen gehe und höre meinen Namen aus einem Straßencafé rufen und sehe heftig winkende Arme, wenn ich im Supermarkt zwischen Gurken und Tomaten plötzlich ein bekanntes Gesicht entdecke, wenn jemand mich am Stadtbrunnen anspricht und fragt, ob ich am kommenden Mittwoch auch bei der Wanderung dabei sein werde, dann spüre ich, dass Fremdheit weichen und dem Gefühl des Angenommenseins Platz machen will. Dabei glaube ich, dass die Situation, in die ich hineingeschossen wurde, der Supergau war.

Bitte nicht schon wieder.
Doch, höre mir bitte zu, was gesagt werden muss, muss gesagt werden. Nicht nur, dass ich plötzlich allein dastand, in einem Ort, der mir fremd geworden war, zwischen Menschen, die ich nicht kannte; sondern auch die Tatsache, dass ich eine ältere Frau bin, spielte eine große Rolle.
Ja und?

Unsicherheit und mangelndes Selbstbewusstsein kamen nicht einfach an mich herangeflogen, ich habe wirklich unter beiden sehr gelitten, nur langsam fühle ich mich besser. „Das Altern ist eine Frau" habe ich gelesen, und das nicht in einem Bericht aus der Vergangenheit, sondern in einem von heute. Eine ältere Frau – „alte Frau" klingt nun wirklich scheußlich – wird übersehen in der Gesellschaft, ist uninteressant, überflüssig.

Weißt du, was dieser Tage auch in der Zeitung stand? Wenn Frauen Einfluss haben, also Macht ausüben wollen, wird ihnen ganz schnell Selbstherrlichkeit und Aggression vorgeworfen. Heutzutage, nicht vorvorgestern! Aussage einer bekannten Schriftstellerin.
Und dann auch noch alleinstehend? Die Bezeichnung „Hexe" lauert schon im Hintergrund, ein höchst gefährliches Wesen. Ein älterer Mann? Eine höchst interessante Erscheinung. Männer haben es mit Altwerden und Anerkennung erheblich leichter.
Jetzt bin ich mit dir überhaupt nicht einer Meinung.
Schau dir doch nur die Werbung an. Jung und sexy muss man als Frau sein, um auf dem Anerkennungsmarkt irgendwo andocken zu können. Oder eine berühmte Schauspielerin.
Wo willst du denn andocken?
Ach, du verstehst mich nicht. Männer!

Ein Hauch von Stille
Weht in das ruhende Land,
darin ich wandre.

10 ... Oktober

Oktober vor einem Jahr.

Je mehr das jetzige auf sein Ende zuläuft, immer schneller, als nehme es für den Endspurt die Beine in die Hand, desto häufiger fliegen meine Gedanken zurück zu den Tagen vor einem Jahr, zu den heißen, die die regennassen noch einmal abgelöst haben. Damals explodierte der Herbst in allen Farben, die er finden konnte, klatschte jedem Baum und Strauch seine ganze Farbpalette um die Ohren; jetzt lockt er mich wieder hinaus auf den Berg. Da starre ich hinüber zum Schwarzwald und in den blauweißen Himmel, an dem die Milane kreisen. Ob sie meine Tränen sehen? Diese Vögel haben doch so scharfe Augen.

Im Nachhinein frage ich mich, wie ich diese Tage vor einem Jahr zugebracht habe mit dem Wissen, dass sie auf die schlimmstmögliche Katastrophe zuliefen. Man kann doch nicht üben für diesen grausamsten aller grausamen Tage, sich nicht vorbereiten auf die letzten davor und die ersten danach. Gefühle spielen in einer ganz anderen Kategorie. Der Mensch funktioniert in den Notwendigkeiten des Alltags, die ihn wie ein Korsett stützen und durch die Stunden des Tages tragen. Bis der Supergau eintritt.

Ein Jahr wird der Enkel nun alt.

In die Freude, die ich an ihm habe, sind Trauer und Schmerz eingeflochten. Kann sich dieses Gewebe jemals auflösen? Sein Geburtstag wird von Jahr zu Jahr den Abstand zu deinem Todestag vergrößern. Während dieses Kind von Jahr zu Jahr mehr seinen Platz in dieser Welt einnimmt,

117

drängt die Zeit dich immer weiter fort in die Räume der Erinnerung und des Vergessens, zumindest für die anderen. Auch für mich?

Dieser Tag vor einem Jahr, der für immer ein besonderer bleiben wird. Wieder einmal habe ich mich auf einer Bank am See niedergelassen, auf halbem Weg zwischen Krankenhaus und Wohnung, zwischen traurigstem Beisammensein und schmerzhaftestem Alleinsein. Nebel liegt über der Stille der Natur, die zwischen Herbst und Winter verharrt, als könne sie sich noch nicht für das Eine oder Andere entscheiden. Selbst die Enten und Blesshühner, sonst Meister im Krach machen, dümpeln als graue, stumme Schatten auf unbeweglichem Wasser. Zwischen ihnen entdecke ich plötzlich große, helle Konturen, die langsame Kreise ziehen und andere Wasservögel an die Peripherie des Sees verweisen. Ein Gespenst, ein Seeungeheuer? Nein, es kann doch nicht wahr sein, der Schwan ist wieder da! Und sofort die Frage: Warum gerade jetzt, nach so vielen Jahren? Abergläubisch war ich nie, aber …
Sein Anblick wühlt mich bis ins Innerste auf. Wohin jetzt mit dem Aufruhr meiner Seele? Mit jemandem eine Diskussion über Mystisches und Abergläubisches anzetteln? Lächerlich machen muss ich mich auch nicht. Außerdem ist niemand da. Also her mit dem Tagebuch:

Zufall? Schicksal? Göttliche Fügung?
Es war jener bedeutsame Zeitpunkt, der im Leben jeder und jedes Berufstätigen unweigerlich heranrückt, meistens sehnlichst erwartet, oft aber auch mit Bedauern als unvermeidlich hingenommen: Der Eintritt in den Ruhestand.
Wie oft hat man sich ausgemalt, was man dann endlich alles tun könnte. Große Reisen natürlich, ausgedehnte Fahrradtouren, jeden Morgen joggen, den Garten neu anlegen, Konzerte besuchen, Bücher lesen, die man schon lange lesen wollte, und so weiter und so fort.

Für mich stand eins von vornherein fest: Ich würde mir eine neue Filmkamera kaufen und wieder Filme drehen, so wie ich es in meiner Jugend schon getan hatte, wovon ich in den langen Jahren der Berufstätigkeit aber nur hatte träumen können. Die Zeit fehlte. Der viel zitierte Satzanfang „Wenn ich erst einmal Rentner bin", konnte für mich nur eine Fortsetzung haben: ..."werde ich wieder Filme machen".

Auch das erste Projekt stand bald fest. Du würdest jeden Morgen mit dem Auto zum See fahren, den Wechsel der Jahreszeiten auf dem Wasser und um den See herum mit der Kamera dokumentieren; nach einem Jahr würdest du alle Sequenzen zu einem Film zusammenschneiden, untermalt von Vivaldis „Vier Jahreszeiten". Dieses Projekt hattest du schon lange im Kopf, nun konnte es endlich wahr werden. Wenn nicht jetzt, wann dann?

Begeistert hast du mir jeden Mittag, wenn ich nach Hause kam, erzählt, was du gesehen und gefilmt hast: Vom zaghaften Aufbrechen des jungen Grüns an den Uferböschungen und im angrenzenden Wald im Frühling, von Vögeln, die sich vor allen anderen im Pfeifen und Zwitschern hervortun wollten; von Enten und Blesshühnern mit ihren Jungen, die so schnell groß wurden im Laufe der Wochen. Viel zu früh sah der Sommer so aus, als ob er sich schon verabschieden und dem Herbst Platz machen wollte.

Vor allem habe ich dir vom Schwan erzählt: Seit einigen Tagen zog ein Schwan seine Bahnen lautlos zwischen den quirligen Wasservögeln hindurch. Sie stoben nach rechts und links auseinander, um ihm, dem ungekrönten Herrscher auf dem Wasser, nicht in die Quere zu kommen. Ohne Partner kreiste er auf dem See, war er sich doch selbst genug, und zog die Blicke der Spaziergänger auf sich.

Als die ersten Herbstnebel über den See krochen und alles Wassergetier unsichtbar machte, als nur noch geheimnisvolle Geräusche aus dem weißgrauen, filigranen Gespinst mich und meine Kamera erreichten, wurde der Schwan vollends zu einem mystischen Wesen. Langsam glitt er in den feinen Dunst, so dass das Weiß seines Gefieders mit ihm verschmolz. Wenn die Nebel sich teilten und über der Wasserfläche schwebten, tauchte der Schwan wieder daraus hervor, um nach wenigen Metern endgültig im feuchten Gewebe zu verschwinden. Was für ein Erlebnis! Ein Gefühl von Abschied und Trauer blieb in seinem Kielwasser zurück. Ich habe es so empfunden. Bald würde der Winter kommen mit Kälte und Schnee, das Leben auf dem See würde erstarren und manchmal zum Kampf ums Überleben werden.

Deine Stimme schwankte leicht, ich fühlte, dass dir das Herz schwer war, auch wenn diese Aufnahmen von See, Nebel und Schwan die eindrucksvollsten des ganzen Films werden sollten, wie wir später sahen. Du konntest nicht sagen, was deine Seele in die Zange nahm, ein undefinierbarer Schmerz stand in deinen Augen.
Am nächsten Morgen war der Schwan fort.
Wochenlang hast du gehofft, dass der weiße Vogel nur den Winter in wärmeren Gewässern verbringen und im nächsten Frühjahr wiederkehren würde. Vielleicht würde er sogar eine Schwanenfrau mitbringen und eine Familie gründen, was wiederum eine neue Perspektive für interessante Aufnahmen darstellte.
Doch so war es nicht.
Die Jahreszeiten kamen und gingen, der Schwan kehrte nie zurück und geriet über vielen folgenden Filmprojekten in Vergessenheit. #

Die Jahre trieben unser Leben vor sich her, aus den Reisen in alle Welt entstanden wirklich gute Filme. Es waren atemlose Jahre, reich gefüllt mit Erlebnissen und Emotionen, mit Glück und Schmerz, mit den Hochs und Tiefs unseres gemeinsamen Lebens.
Bis die Krankheit mit unbarmherziger Grausamkeit zuschlug und dir die Filmkamera für immer aus der Hand nahm. Sie ließ keinen Raum für Gedanken über Filmprojekte und Vorbereitungen dazu. Statt noch einmal

den Erwerb einer neuen Kamera in Erwägung zu ziehen, - schließlich war die Entwicklung modernster Geräte vorangeschritten-, mussten teure Medikamente gekauft und Krankenhausaufenthalte bezahlt werden. Statt zu reisen und zu filmen, saßen wir in Warte- und Sprechzimmern. Dein Bewegungsradius wurde kleiner und kleiner, die Filmkamera verschwand im Schrank, der Computer blieb aus. Irgendwann konntest du dein Krankenhausbett nicht mehr verlassen. Die Hoffnung auf ein normales Leben inmitten des geschäftigen der Welt zog sich für uns beide in einen unsichtbaren Winkel zurück.

Für mich wurde die tägliche Fahrt zum Krankenhaus Hauptbestandteil des Lebens. Die Ärzte machten mir keine Hoffnung, in zahlreichen Gesprächen war vom Ende deines Lebens, sozusagen vorbereitend, die Rede. In meiner Verzweiflung fuhr ich alle paar Tage hinaus zum See, als ob ich aus der Natur Lebenskräfte für dich und mich schöpfen könnte, und wünschte, davon eine Portion als Medizin an dein Krankenbett tragen zu können.

Und dann sah ich ihn.

Schneeweiß und scheinbar unberührt von einer aufgeregten Enten- und Blesshuhnschar, hin und wieder den Schnabel ins Wasser senkend oder ein paar Gräser von der Böschung zupfend.

Ich stand wie erstarrt.

Zwanzig lange Jahre schrumpften auf ein Gestern zusammen. Warum war der Schwan zurückgekommen, warum gerade jetzt, wo es doch wieder Winter war, was hatte seine Rückkehr zu bedeuten?

Auf die Idee, dass dieser Vogel auch ein anderer Schwan sein könnte, bist du wohl gar nicht gekommen?
Nein, wirklich nicht. In Mythen und Märchen kam das geheimnisvolle Tier zurück, um eine Botschaft zu verkünden, aber welche?

Sag mir dein Geheimnis, flüsterte ich, warum bist du zurückgekommen, warum gerade jetzt, sag es mir, ich verstehe dich nicht. Tränen stiegen mir in die Augen, ich spürte eine besondere Bedeutung des Augenblicks. Das Herz wurde mir unsagbar schwer. Alles Einbildung, hätte ein Psychologe wohl gesagt, ich hätte unter besonderem, emotionalem Stress gestanden, was sicher richtig war, und trotzdem ...

Im Krankenhaus habe ich dir von dem zurückgekehrten Schwan erzählt, beschrieb dir genau, an welcher Stelle des Sees er sich aufgehalten hat. Von meinen traurigen Gefühlen und dem Druck auf meinem Herzen erzählte ich dir nichts. Du lächeltest nur über meinen Eifer und hast müde die Augen geschlossen. Ich habe deine Hand gestreichelt und geschwiegen, nicht ahnend, dass ich deine Hand nur noch wenige Male würde halten können. Und dann kam das letzte Mal – und dann nichts mehr.

Nach Tagen ging ich wieder zum See in der verzweifelten Hoffnung, hier Linderung für meinen Schmerz zu finden, wie ich sie in den vergangenen Wochen an seinen Ufern oft gefunden hatte. Hier konnte ich meinen Tränen freien Lauf lassen. Der Schwan würde mich verstehen, mich trösten, mir Halt geben.

Doch er war fort.

Wie festgewurzelt stand ich am Ufer, meine Augen wanderten ungläubig über den See, suchten verzweifelt die Ufer ab, kreisten über der Wasserfläche wie ein hungriger Reiher. Doch es war eindeutig: Der Schwan war fort.

Ich glaubte zu verstehen – und doch auch wieder nicht.

Zufall? Schicksal? Göttliche Fügung?

Noch einmal bäumt sich die Natur auf gegen Nebel und Kälte. Die Sonne wärmt sie erneut und übermalt gnädig die Katastrophen dieser Welt mit den schönsten Farben: Ein terroristischer Anschlag in Mogadischu verursacht unzählige Tote. Erinnerst du dich an Mogadischu, wo wir nach der Besteigung des Kilimandscharo kurz Station machten? Katastrophale Waldbrände in Kalifornien, die sich Jahr für Jahr wiederholen werden. Katastrophen, wohin man sieht -, und meine eigene mittendrin.

Stell dir vor, ich habe die Reise nach Sorrent und Neapel gemacht, als sich die Gelegenheit bot, und mir damit einen Reisewunsch aus Jugendtagen erfüllt. Ohne mit der Wimper zu zucken, bin ich auf den Kraterrand des Vesuvs gestiegen. Natürlich, selbstverständlich, nicht wahr?

Also das meine ich schon, gegen das, was du sonst schon geschafft hast, war das doch ein Klacks.
Ja, das war selbstverständlich für mich, ich hätte mich ja sonst vor dir schämen müssen. Ich habe alle deine Ratschläge noch parat, nicht zu schnell gehen, gleichmäßig atmen, noch ist nichts davon vergessen. Wie sich doch das in zwanzig Jahren Geübte eingeprägt hat ...

Jetzt also Capri, Neapel, Pompeji, Amalfi.
Neben dem Vesuv hat mich besonders Pompeji fasziniert. In der Schule habe ich so viel davon gehört, und das Gehörte hat schon früh den Wunsch in mir geweckt, mit eigenen Augen zu schauen. Wie habe ich als Jugendliche Klassenkameradinnen beneidet, die solche Reisen damals schon machen konnten! Fünfzig Jahre habe ich auf diese Chance gewartet, gemeinsam hatten wir immer tausend andere Pläne.

Das stimmt. Ich wollte immer viel höher hinauf, zweitausend Meter Höhe sollten es mindestens sein.

Jetzt also der Blick in die Vergangenheit, fast zweitausend Jahre zurück. Ich stand in den Ruinen und stellte mir das Leben und Treiben in den Häusern und auf den Gassen vor, bis Asche und Gase in den Himmel stiegen und auf die Menschen niederregneten. Sie wussten nicht, was ihnen geschah, und als sie fliehen wollten, war es zu spät.

Doch Blicke in die Zukunft sind noch interessanter, dorthin zu reisen, wo die Musik spielt, die Zukunft schon jetzt auftrumpft. Zum Beispiel noch ein Jahr später nach Japan, wo das Leben in vielen Bereichen so ganz anders ist, wo Vergangenheit und Zukunft scheinbar miteinander harmonieren, die Alltagsdisziplin der Japaner mir höchste Bewunderung abringen würden. Wir waren zu dritt, ich fühlte mich gut aufgehoben. Ganz anders würde es noch ein Jahr später werden, als ich in Dubai ein Kreuzfahrtschiff bestieg. Also das war eine echte Herausforderung, eine weitere Mutprobe, denn ich war ganz allein unter mehreren tausend Menschen.

Es ist doch nun einmal so, dass in unserer Gesellschaft die Paar-Organisation herrscht. Eine ältere Frau allein? Ein unvollständiges, bemitleidenswertes Wesen. Auch noch im einundzwanzigsten Jahrhundert.

Auf dem Kreuzfahrtschiff lud die Reiseleitung zum Single-Stammtisch ein. Ich lernte andere allein reisende Frauen kennen, die meisten um einiges jünger; man traf sich in den kommenden Tagen immer wieder, trank einen Kaffee mit der Einen oder aß ein Eis mit einer Anderen, dann ging jede wieder ihre eigenen Wege. Das hat mir gut gefallen. „Living alone together", keine schlechte Lebensform.

Im Prinzip ist es doch die, die du jetzt auch zu Hause lebst.
Stimmt, und trotzdem: Auch heute noch ist die Einstellung weit verbreitet, dass eine Frau ohne Mann ein mangelhaftes Wesen ist. Damit werde ich mich wohl so lange auseinandersetzen müssen, bis ich im Pflegeheim lande.

„Das weibliche Selbstwertgefühl hängt noch immer an einer Partnerschaft", habe ich gelesen. Egal, wie schrecklich sie ist, eine Beziehung muss her. Daran hängen für eine Frau Anerkennung, Sicherheit, soziale Geltung, sagen die Soziologen. Dieses verdammt mulmige Gefühl allein unter Paaren. Will ich mich wirklich von solchen Einstellungen abhängig machen? Nein, danke.

Nach einigen von der Sonne getränkten Tagen stürmt und regnet es wieder, als ginge die Welt unter.
Das Wetter in diesen Tagen zeigt mir, was in den kommenden Tagen und Wochen auf mich zukommen wird. Wie soll ich all das trostlose Grau vor meinen Fenstern ertragen? Die langen Abende, die schon früh im Tag beginnen, die grauen Morgen, die dem Tag nicht Platz machen wollen? Mein Ich hält diesem grauen Ansturm in einer grauen Welt nicht stand, ein Damm bricht, der Stausee der Tränen läuft über. Immer wieder. Die Farbe meines Lebens ist grau.

Hör auf mit dem Jammern! Du wirst auch den Herbst ertragen lernen, musst es lernen. Es geht nicht anders.
Ich weiß, und trotzdem. Mein Leben ist so furchtbar anders geworden. Kein Bereich meines Daseins blieb von Veränderungen verschont, ich wurde runderneuert.

Du hast doch die komfortable Wohnung, sagt mein Sohn. Er hat Recht. Du kannst schöne Wanderungen machen, wann du willst, sagt er. Und hat Recht. Du kannst ins Thermalbad gehen, wann immer du Zeit hast, sagt er. Und hat wieder Recht. Aber, und dieses Aber wiegt schwer: Nichts von Allem wiegt die Sehnsucht nach dir auf, die in diesen farblosen Tagen besonders stark ist. Ich sehne mich nach Allem, was mit dir zu tun hat.

Das würde mir ja auch so gehen. Wir hatten eine so gute Zeit miteinander. Jetzt die Welt um dich herum neu zu erfinden, ist gewiss nicht leicht, denn dein Platz in ihr wird ab jetzt zweifellos ein anderer sein. Du musst dir einen neuen Lebensweg mit neuen Zielen abstecken, das wird den Trauerschmerz lindern.
Ich habe Angst, dich aus meinem Kopf und Herzen zu verlieren.

Stell dir vor, eben saß ein großer Buntspecht in seiner ganzen Schönheit auf einem Busch auf der Terrasse. Und drüben am Waldrand turnt ein Eichelhäher in den Zweigen. Beide werde ich in den kommenden Wochen immer wieder hier begrüßen können. Ganz zu schweigen von den vielen Meisen und Amseln, die in den Büschen herumhüpfen.

Aber jetzt muss ich raus, um die Regenplane über den Gartenmöbeln wieder festzubinden Der Sturm hat sie gelockert, sie droht davonzufliegen. Auch das neue Vogelhaus muss ich festbinden, mehrfach schlinge ich den starken Bindfaden um die Stützen und das Geländer, zerre und zurre.

Na also, geht doch.

Bei Sturm mit Sohn und Hund zwei Runden um den Segelflugplatz. Für seine geliebten Drachen ist es zu stürmisch, auch die Segelflugzeuge des dortigen Flugvereins müssen am Boden bleiben; also stemmen wir uns gegen den Wind mit der Kapuze auf dem Kopf und den Händen in den Jackentaschen. Wir reden über Politik und so, wir verändern die Welt und diskutieren über Umweltschutz. Dann nichts wie nach Hause in die warme Stube. Wenn ich im Freien eine Weile mit dem steifen Wind gekämpft habe, ist es auch hier drinnen wieder gut.

Am nächsten schönen Tag wandere ich durchs Ried zum Friedhof, auf einem meiner Lieblingswege. Sitze auf der Bank an deinem Grab und sage dir auf Wiedersehen, weil ich für ein paar Tage nach G., zurück in meine Kindheit und Jugend, fahren werde. Wenn ich zurück bin, werde ich dir von den frühen Tagen meines Lebens und den heutigen Eindrücken am selben Ort erzählen.

Dass der See an meinem Wanderweg durchs Ried kaum noch zu sehen ist, sagte ich wohl schon. Aber dass es noch schlimmer kommen könnte, ahnte ich bei meiner damaligen Wanderung zum Friedhof noch nicht. Stell dir vor, die Rede ist von einer Bebauung, von einem neuen Industriegebiet, von einer ultimativen Katastrophe.

Ich wage nicht, mir das vorzustellen: Straßen und Parkplätze statt Wiesen und Wege, Industriehallen statt Bänke und Büsche?

Alles Schöne vergeht. Ich könnte heulen. Wieder mal.

Einst hast du gesagt:
Pflücke die Seele vom Grund.
Oben ist Leben.

11 ... November

Schlechtes Wetter, miese Stimmung, bedrückende Tage. Wie Schleifpapier kratzt der Nebel über meine Seele. Ich finde keinen Ausweg, keine Ruhe. Mein Leben schleicht nur noch mit gesenktem Kopf durch die Wohnung – und gähnt.
Der Ausflug des Schwarzwaldvereins in den Nordschwarzwald mit Wanderung zur Grünhütte fällt wegen des schlechten Wetters aus. Auch das noch! Du kennst die Gegend auch, oft sind wir da gewandert, jedes Jahr mindestens einmal. Die Stille dort ist berauschend, manchmal bleiern. In früheren Jahren lag der Schnee im Winter so hoch, dass nur die oberste Kante der Bänke, die am See stehen, aus den Schneemassen ragte. Und den Weg auf Langlaufskiern um den See musste man sich hart erkämpfen. Lang ist's her. Die weiße Pracht macht sich seit Jahren rar. In diesen Tagen schüttet ein übelwollender Dämon kübelweise Regen über See und Sumpf, Bäume und Büsche.
In Sölden sollte der Auftakt zum Skiweltcup stattfinden, habe ich gelesen; abgeblasen wegen des miesen Wetters. Erinnerst du dich an Sölden?

Ja, wunderbare Tage hatten wir dort.

Um dem Trübsinn noch eins draufzusetzen, werfe ich einen Blick in die Zeitung: Auf dem Sinai hat ein Terroranschlag über dreihundert Menschen das Leben gekostet. Der Terror knebelt die Menschheit seit Jahren. Auch bei einem Erdbeben im Grenzgebiet zwischen Iran und Irak sterben viele Menschen. Im Vergleich mit diesen Katastrophen ist deine eigene unsichtbar klein, halte ich mir selber vor. Jetzt noch du:

Nimm dich doch nicht so wichtig.

Doch, muss ich dir sagen, ich nehme mich wichtig, denn wer tut das sonst? Ich soll auf mich selber achten, meine eigene Befindlichkeit stets im Blick haben, tun, was gut für mich ist, und nicht das, was andere von mir erwarten, habe ich von Fachleuten gelernt. Die eigenen Lebensziele immer im Blick haben. Aber die gibt es noch nicht, nachdem die bisher gültigen so radikal weggebrochen sind. Um neue zu entwickeln, sind lange, einsame Spaziergänge gut. Ich arbeite daran.

Doch jetzt macht mich das miese Wetter aufmüpfig. Die Finger schmerzen, wenn es draußen so nasskalt ist. Nichts ist gut. Vielleicht sollte ich im Bett bleiben und mir die Decke über den Kopf ziehen, dann falle ich niemandem auf die Nerven.
Wo ist der Sommer geblieben? Zurückgeworfen auf mich selbst, greifen Sehnsucht und Trauer mit aller Macht nach mir. Das Wörtchen „kein" beherrscht mein Vokabular: Keine Freibadbesuche, keine Wanderungen, kein Sitzen im Freien, sei es auf der eigenen Terrasse, sei es auf der Empore des Bärenschlössles oder irgendwo im Straßencafé; überall, wo Menschen, Tiere und Dinge anzuschauen und zu beobachten waren, die mich von mir selbst ablenkten und signalisierten: Hier spielt das Leben. Doch jetzt sitze ich da und leide.
Diagnose: Der Herbstblues hält mich umklammert.
Ich habe gelesen, dass der Körper in den dunklen Tagen, also bei Mangel an Tageslicht, verstärkt Melatonin ausschüttet, das müde macht und auf die Stimmung schlägt. Also, da habe ich bestimmt einen ganzen Eimer voll über den Kopf gekriegt. Man solle an die frische Luft gehen, Sport treiben, denn Bewegung im Freien würde die Produktion des Glückhor-

mons Serotonin ankurbeln und das Stresshormon Cortisol reduzieren. Mach ich, mach ich. Es gibt noch viele gute Ratschläge, unter anderem, Freundschaften und soziale Kontakte zu pflegen. Auch das: Am Mittwoch gehe ich mit der Gruppe wandern und einkehren. Und als Krönung: Man solle körperliche Kontakte pflegen, kuscheln zum Beispiel. Wunderbar: Komm her.

Hast du eben „hör auf zu jammern" gesagt? Das sei nicht auszuhalten? Ich bin ja schon still. Verstand, bitte übernehmen Sie.
Eins und eins gibt ein Ganzes, und eine Eins ist nichts. Als wir noch ein Paar waren, ein Ganzes sozusagen, da fühlte ich mich wertgeschätzt, da dachte ich, jeder von uns ist ein Ganzes, und hielt uns für so stark. Jetzt im Alleinsein fühle ich mich oft als Nichts, weniger als etwas Halbes. Das geht vielen Frauen in meiner Situation so.
Jetzt schüttelst du den Kopf, als ob du denkst: Sie dreht total durch.

Was soll das denn, das hast du doch gar nicht nötig. Kopf hoch. Höre auf dein Inneres, tu das, was deine Gefühle dir sagen, das wird richtig sein. Ich stehe doch hinter dir.

Bin heute wieder meinen Lieblingsweg zu deinem Grab gelaufen. Es tut gut, deinen Namen zu lesen, diesen vertrauten Namen, der so lang ist wie zwanzig Jahre Leben, der Wärme ist und Nähe bedeutet.
Auch Freunde von früher sind fortgegangen, für immer; Freunde, mit denen wir auf dem Sportplatz gerannt sind, in der Halle Gymnastik gemacht und durch den Wald gejoggt sind; auch Fasching gefeiert haben, über Tisch und Bänke getanzt und Lieder geschmettert haben, bis uns die Puste ausging.
Jetzt sieht es jedoch oft so aus: Erst besuche ich dich auf dem Friedhof, dann gehe ich zum Grab eines Freundes und denke beim anschließenden Spaziergang an einen anderen verstorbenen Freund und eine Sportfreundin. So wird es zunehmend sein.

Das liegt am Alter, so ist das Leben nun einmal, Sterben gehört zum Leben, höre ich kluge Leute sagen, denen ich von solchen Gedanken erzähle. Das weiß ich auch, aber solche Sprüche helfen mir nicht wirklich. Sie sind wie Handschellen der Einsamkeit.

Viel lieber stelle ich mir vor, dass ihr alle, du und die verstorbenen Freunde, irgendwo zusammensitzt, euch unterhaltet und miteinander lacht. Auf Wolke sieben habt ihr euch zusammengetan und schwärmt von früheren Zeiten. Jetzt rollst du mit den Augen. Also gut, ich höre ja schon auf, aber schön ist die Vorstellung trotzdem. Und tröstlich.

Gern und ausgiebig gefeiert hast du für dein Leben gern. Ich schaue die Fotos aus glücklichen Zeiten an: Du im neuen, leuchtend blauen Smoking, das gebräunte Gesicht von erwartungsfrohem Lächeln überglänzt; aus jeder Pore strahlt dein Wunsch, die festliche Atmosphäre zu genießen, zu tanzen und glücklich zu sein; du, die rheinische, und doch auch oft ernste Frohnatur.

Ganz heimlich, auf leisen Sohlen und mich auf dem falschen Fuß erwischend, schleicht sich die Weihnachtszeit wie ein Spion und viel zu früh in die Kaufhäuser und Supermärkte. Hier ein Päckchen Spekulatius, geschmückt mit einer Weihnachtskugel, da ein unschuldiger kleiner Engel auf einem Stollen. Geschenkpapierrollen in Kübeln, Grußkarten in Gold und Glitzer auf einem Ständer, der ganze Geschenkewahnsinn rollt unauffällig an wie eine Panzerbrigade in dunkler Nacht. Neben einem kleinen Päckchenstapel ein künstliches Minibäumchen mit genauso künstlichem Zuckerguss, als wolle die Industrie erst einmal die Stimmung prüfen, abwartend, ob die Menschen für den endgültigen Weihnachtsrun bereit sind; doch sie gieren schon danach, und so wird das Fest aller Feste in naher Zukunft explodieren wie ein zu hoch gefahrener Gaskessel. Wie jedes Jahr. Und überall.

Auch in Wien.

Dahin bin ich mit einer Reisegruppe gefahren, an die schöne, blaue Donau, die in dieser Jahreszeit eher eiskalt und grau war. Ich wusste gar nicht, wohin mit meinen eiskalten Händen und Füßen, auch Nase und Wangen froren um die Wette. Du kennst mich ja und weißt, wie herzhaft ich frieren kann, leider gibt es dafür keine Goldmedaille.

So viele Menschen hatten die gleiche Idee, ausgerechnet am ersten Advent nach Wien zu fahren, rotnasige Besuchermassen wälzten sich zwischen Weihnachtsbuden wie eine hungrige Schlange auf der Suche nach Futter. Und Futter für Menschen gab es überall genug in Form von Bratwurst-, Crêpes-, Pommes- und anderen Buden, die süßen und herzhaften Duft verbreiteten. Auf bekannten Plätzen und vor berühmten Palästen versuchten Tausende von Lichtergirlanden und Armeen von tanzenden Engelchen die frierende Dunkelheit in die Flucht zu schlagen, gefühlsselige Weihnachtslieder schufen heimelige Gefühle, Sissi grüßte von Plakaten und Postern, und alles war gut.

Deine Filmkamera wäre geplatzt vor lauter stimmungsvollen Motiven in allen Himmelsrichtungen. Ich hätte wartend neben dir gestanden und mich bemüht, dem Ansturm eisiger Kältewellen stoisch standzuhalten. Wir hätten Sachertorte gegessen im überfüllten Café neben Menschen, die auch Sachertorte aßen und die schokoladige Wärme genossen; im Rathaus hätten wir mit vielen anderen dem Auftauen von Füßen und Fingern wohlig nachgespürt, den Chören mit Weihnachtsliedern aus aller Welt gelauscht, die Glanz auf rote Wangen legten und Frieden in die Herzen.

Soviel ist sicher: Neben dir hätte ich die Kälte vergessen, deine Nähe hätte mich warmgehalten. Ach ja.

Doch Städtereisen bei eisiger Kälte müssen nicht wirklich sein, finde ich, und du warst der gleichen Meinung.

Nichts schöner, als in sonniger Fremde in Straßencafés zu sitzen, Leben und Treiben auf Plätzen und Straßen zu betrachten, das ist doch höchst interessant und unterhaltsam. Reisen in der kalten und dunklen Jahreszeit sind nichts, außer zum Skilaufen.

Also fuhr ich im Frühjahr nach Kroatien, mit einer Reisegruppe, habe ich das noch gar nicht erzählt? Gesellschaftsreisen nennt man das ja wohl, aber das klingt ziemlich abgehoben, so ist es ja überhaupt nicht mehr. Jede Nacht in einem anderen Hotel, oft morgens sehr früh aufstehen, na und? Das Jammern vieler Mitreisender über die Herumzigeunerei konnte ich überhaupt nicht nachvollziehen. Jeden Tag gab es interessante Besichtigungen, jede Busfahrt führte durch eine unbekannte Landschaft, ich klebte mit der Nase an der Fensterscheibe. Mir gefiel diese ´Hopp on hopp off´ Reise ausnehmend gut.

Ich denke, diese Art zu reisen ist jetzt die richtige für dich. Nette Mitreisende gibt es immer, interessante Städte und Landschaften auch.
Ja, so ist es. Reisekataloge purzeln in meinen Briefkasten wie Murmeln in einen Becher. Und natürlich gibt es das Internet. Neue Ziele habe ich schon im Visier.

Doch jetzt sind die trüben, aufs Gemüt schlagenden Tage durchzustehen. Dem schlecht gelaunten November Paroli zu bieten, ist nicht einfach, in dem Kampf habe ich die schlechteren Karten.
Ein Reiher jagt mit knarzendem Schrei über den See. Er protestiert, dass sich der goldene Herbst verabschiedet und eine ganz in Rost getauchte Landschaft zurückgelassen hat. Schmutziges, braungraues Laub raschelt unter meinen Schuhen, liegt in dunklen Haufen unter Bäumen und an Böschungen. Der Herbstwald ist durchsichtig geworden, nun, da die Äste kahl in den trüben Himmel stechen. Weit kann ich zwischen den Stämmen hindurchsehen, wenn es denn etwas zu sehen gäbe. Nichts außer

Bäume aller Größe und Dicke, Büsche und hier und da ein querliegender Stamm.

Doch halt, ein Abschnitt des Hanges ist mit vielen leuchtend weißen Flecken übersät, als ob jemand Papiertaschentücher in kleine Schnipsel zerrissen und umhergeworfen hätte. Doch beim Näherkommen erkenne ich die schneeweißen Köpfchen kleiner Pilze, die verschämt unter den braunen Blättern hervorlinsen. Das sieht lustig aus.

Ein toter Stamm liegt quer zwischen den Bäumen; jedes Mal, wenn ich wiederkomme, ist er etwas weniger geworden, etwas mehr zerbröselt. Nicht nur die Jahre, auch viele Insekten arbeiten daran, ihm den endgültigen Garaus zu machen, ihn wieder zu Erde werden zu lassen. Was wird in zehn Jahren von ihm noch zu sehen sein außer leicht gewölbter, brauner Boden? Es liegt nahe, an das Entstehen von Braunkohle vor vielen Jahrtausenden, aber auch an das Geschehen auf einem Friedhof zu denken, aber lassen wir das. Kein gutes Thema.

Es fängt wieder an zu nieseln. Das passt.

Die Nebeltage nehmen in diesem Jahr kein Ende. Beim morgendlichen Blick aus dem Fenster habe ich nur hellgraue Suppe vor den Augen, gespickt mit zwei, drei Tannenspitzen aus dem Garten fünf Stockwerke unter mir. Der markante Turm der mächtigen Kirche mitten im Ort versteckt sich unter der grauen Decke, als ob er ein schlechtes Gewissen hätte und deshalb nicht gesehen werden will. Dasselbe schmutzige Laken breitet sich über den Häusern aus und verschluckt die alltäglichen Geräusche, das Schlagen der Turmuhr, das Rauschen des Straßenverkehrs und das Rattern eines der häufig vorbeifahrenden Traktoren.

Auf der Terrasse tummeln sich viele kleine Vögel am Vogelhäuschen. Stundenlang könnte ich ihnen zusehen. Doch davon werden sie nicht satt, ihre Erwartungshaltung ist eine andere.

Ich muss unbedingt wieder Vogelfutter kaufen.

Hin und her springt das Zoom. Du warst so schwach in jenen Tagen vor einem Jahr und hast mich doch angelächelt, mühsam, wie es mir schien, wenn ich an dein Bett trat. Deine Worte „Ich bin so müde" werde ich nie mehr im Leben vergessen. Wenn jemand sagt „Ich bin müde", und das ist ja eigentlich ein Allerweltsatz, zucke ich zusammen.

Dieser ewige Kampf zwischen gestern und heute; dabei steht die Verliererin von vorneherein fest, die Kampfspuren sind unübersehbar: Blutende Seele, rollende Tränen.

Nach dem Herbstblues jetzt noch der Weihnachtsblues.

Zu Ende das Jahr,
das nächste pocht an die Tür.
Ich will ihm öffnen.

12 ... Dezember

Die kommenden Wochen und das Jahresende liegen wie der Mount Everest vor mir: abweisend, kalt, unüberwindbar. Ich muss mich warm anziehen, innen und außen, und mich der Frage stellen: Wie komme ich über die „o du fröhliche, o du selige, gnadenbringende Weihnachtszeit" hinweg? Wie groß müssen die Sprünge sein, mit denen ich meine Seele über die Feiertagsfallgruben hinweg ins neue Jahr retten kann?

Adventszeit ist Weihnachtsmarktzeit.
Für viele Menschen haften an diesen Wochen Freude und Fröhlichkeit, für mich und zahllose andere Trauer und Tränen. Denn ich bin nicht allein, wir sind eine ganze Armee, allerdings eine schwache; denn für den Kampfeinsatz an der Trauerfront kann man nicht üben. Die schmerzende Seele stellt das Zoom immer wieder scharf auf die Krankentage vor einem Jahr und lässt sie mit weihnachtlichen Märkten und Straßen heute kollidieren.
Aber auch die vergangenen Jahre geraten wieder in den Focus, nachdem ich mir ein Herz genommen habe und in die Stadt gefahren bin. Ich schleiche von Bude zu Bude, den Kopf voller Erinnerungen an unvergessliche Stunden. Plötzlich stehe ich vor dem Stand mit den Lichthäusern, die ihren bekannten Vorbildern in den Städten naturgetreu nachgearbeitet sind. Fast immer haben wir zuallererst ein neues Haus erworben, das du zu Hause in dein Weihnachtsdorf integriert hast. Wie heimelig das aussah! Dann zogen wir weiter zu anderen Genüssen.

An einem bestimmten Stand gab es all die Jahre die besten Kartoffelpuffer mit Apfelmus, finde ich, die mussten einfach sein, an einem anderen haben wir Glühwein getrunken. Weiter unten in der Reihe Bienenwachskerzen mit dem unnachahmlichen Duft gekauft. Und als Krönung des Ausfluges gab es für den Heimweg eine Tüte heißer Maroni, die ich auf dem Weg zum Auto geknackt habe; eine Nuss für dich, eine für mich, bei Ankunft in der Tiefgarage war die Tüte leer.

So war es immer - und hätte immer so bleiben sollen!

Adventszeit ist Plätzchenbackzeit.

Ich krame die Förmchen aus der hintersten Schrankecke hervor. Dahin hatte ich sie verbannt, weil ich mir zu Beginn des Jahres geschworen hatte: Nie wieder Plätzchen backen. Das ist etwas für glückliche Zeiten. Doch irgendwie liegt Plätzchenduft in der Luft. Und eine sinnvolle Beschäftigung ist es ja auch.

So schlage ich mein Backbuch auf, kontrolliere den Vorrat an Mehl, Zucker, Butter und was ich sonst noch brauche. Drei Sorten sollen es werden, deine Lieblingssorte, meine und die von uns beiden. Da warst du ganz schön stur.

Deine schwarzweißen Plätzchen waren immer erste Klasse, die besten auf der Welt. Eigentlich wollte ich immer nur die knabbern, andere brauchte ich nicht.

Drei Sorten, drei Nachmittage. Die Arbeit ist schön, aber anstrengend. Köstlicher Duft und besinnliche Musik arbeiten mit meinen Händen zusammen und lassen dem Kopf Zeit, in die Vergangenheit zu spazieren: wie das Plätzchenaroma dich magisch in die Küche zog, wie du unbedingt wieder und wieder probieren musstest, ob der richtige Bräunungsgrad gelungen war und überhaupt ... Ich klopfte dir auf die Finger, und wir lachten. Manchmal kamst du mit einem Glas Sekt in die Küche.

Also arbeite ich mich durch die drei Sorten, manchmal mit innerem Frieden, manchmal mit aufgewühlter Seele und feuchten Augen, wenn Erinnerungen mich platt machen wollen.

Aber dann ist es geschafft, das Ergebnis steht vor mir: drei große Platten mit wunderbar duftenden Plätzchen. Ich bin stolz auf mich, Kinder und Enkelkinder wird`s freuen. Mit dem Ergebnis wärst auch du zufrieden. Aber genascht wird nicht!

Adventszeit ist Weihnachtsschmuckzeit.

Du überlegst hin und her: Soll ich oder soll ich nicht?

Die Plätzchenarbeit hat dir Mut gemacht. Nun holst du auch den Weihnachtsschmuck aus dem Keller: den gläsernen Adventsständer, aus dem Harz mitgebracht, die alte Pyramide mit Josef und Maria und den roten Kerzen, den ebenso alten Nussknacker, und vor allem die große Schar der Engel darf aus den Kartons schweben und sich über das ganze Wohnzimmer verteilen; große und kleine, aus Porzellan und Pappe, in Gold, Silber und Blau bemalt, singend, eine Kerze tragend oder betend. Stoisch ertragen hast du jedes Jahr die liebevollen Späßchen deines Partners über die Engelarmee und ihren Aufmarsch zum ersten Advent. Aber du hast dich nie beirren lassen, die Engelkarawane zu Weihnachten musste einfach sein.

Und wie ist es heute? Sieht so aus, als ob es dir guttut, die vertrauten Wesen um dich zu haben; sie sind, wie die Tonsoldaten chinesischer Kaiser, ein Schutzschild gegen Kälte draußen und Einsamkeit drinnen. Tröstend lächeln sie dich an, manche mit leicht angekohlten Bäckchen, andere in verblassenden Farben oder mit angestoßenen Flügeln; doch unbeirrt von den Problemen ihrer Chefin stehen sie an ihrem Platz und strahlen heiter.

Ich liebe euch alle.

Die Weihnachtszeit vor einem Jahr.

Noch nie in meinem Leben hat mich die schreiende Werbung in Straßen und Geschäften so abgestoßen, noch nie war ich von festlichen Gefühlen so weit entfernt wie in jenen Tagen, noch nie lagen Geschenke und Gabentische so weit außerhalb meiner Denkmöglichkeiten. Wie ist das überall gegenwärtige „Schönes Fest, schöne Weihnachten" überhaupt auszuhalten, wenn das eigene Herz voller Schmerz und Trauer ist?

Ich war mir bewusst, dass ich nicht der einzige Mensch mit einem Herzen voller Kummer war, dass viele Kranke, Einsame, Verlassene die vorweihnachtlichen gute-Wünsche-Rituale ertragen mussten, wollten sie sich nicht in ihren vier Wänden verkriechen; dass die Vorboten der stillen und Heiligen Nacht alles andere als still, sondern schrecklich lärmend auftraten: dass Wünsche wie „Fröhliche Weihnachten" zu reiner Formsache verkommen waren. Ich fuhr meine inneren Rollos herunter – lächelte, bedankte mich und ging. Wie es da drinnen aussah, interessierte sowieso niemanden, ich funktionierte. Wie immer in diesen Tagen.

So kam es, dass vor einem Jahr kein Enkelkind ein Geschenk von uns unter dem Weihnachtsbaum fand. Ich konnte und wollte nichts erklären, überließ es den Eltern, die richtigen Worte zu finden. Für solche Probleme gab es in diesen tränenschweren Tagen in meinem Kopf keinen Platz, sie waren mir seltsam gleichgültig, wo ich sonst in der Vorweihnachtszeit immer so viel Freude daran hatte, hübsche Päckchen zu packen.

Vor einem Jahr war festliche, klassische Musik das Einzige, was ich ertragen konnte, zu Hause als auch auf den Fluren des Krankenhauses, sie übte eine beruhigende und besänftigende Wirkung auf mich aus, damals in den schweren Tagen und auch heute noch. Flotte Schlager-und Tanzmusik dagegen bringt Erinnerungen an Bälle und Partys, Hüttenabende und Après-Ski zurück. Nein, das wollte und werde ich mir nicht antun. Achtsamkeit soll ich mir selbst gegenüber üben, habe ich gelernt, meine Gefühle und Gedanken schützen gegen Attacken von außen.

Damals, in der Vorweihnachtszeit, lief ich, als ich auf den Fluren deiner Station im Krankenhaus Gesang hörte, aus deinem Zimmer, suchte die Sängerinnen und veranlasste sie, für dich an deinem Bett zu singen.

Das war doch schön, als die Schwestern die alten Weihnachtslieder sangen, zwar mehr schlecht als recht, aber das war wirklich egal. Mir hat das Freude gemacht.

Du versuchtest sogar, leise mitzusingen. Mit Tränen in den Augen hielt ich deine Hand und sang tapfer mit zittriger Stimme, war mir doch mehr zum Heulen als zum Singen. Sich zusammenreißen zu müssen wurde zur täglichen Übung.

Wegen der räumlichen Nähe fuhr ich manchmal vom Krankenhaus direkt zu meinem Sohn und seiner Familie. Dann stand ich im Flur seines Hauses, hörte durch die Tür die vertrauten Stimmen, stand stumm und schluckte, bis die Umstellung vom Ort des Leidens zu dem des Lachens zumindest äußerlich geschafft war.
Der Heilige Abend vor einem Jahr.
Der Nachmittag verlief wie gewohnt. Ich saß an deinem Bett, hielt deine Hand, holte dir frischen Tee, las dir etwas vor, bis du einschliefst. Alles war wie immer. Dass dieser Abend ein besonderer, der Heilige Abend war, nein, das war nicht mehr in deinem Bewusstsein. Dein Lebenslicht flackerte schon mit sehr dünnem Flämmchen, schmaler als das der Kerzen am Weihnachtsbaum. Doch dass deine Tage an zwei Händen abzuzählen waren, ahnten damals weder die Ärzte noch ich, rechnete ich doch in mehreren Wochen.
Als du eingeschlafen warst, ging ich leise hinaus. Auf den Fluren des Krankenhauses und im Auto konnte ich die Tränen nicht zurückhalten. Der Damm brach. Wie sollte ich einer Familie entgegentreten, die in festlicher Weihnachtsstimmung auf mich wartete? Für mich schmeckte die Fami-

lienweihnacht nach Traurigkeit und Tränen. Nach einer Weile hatte ich mich wieder im Griff und öffnete die Tür.

Und in diesem Jahr, dem Jahr danach?

Wieder stehe ich im Flur des Hauses. Wieder dringen durch die Glastür vertraute Stimmen, Lachen, Weihnachtslieder, mein Kummer jedoch wiegt tausend Tonnen. Aber er ist meiner, nur meiner, anderen darf ich ihn nicht aufbürden. Ich lege ein Lächeln in mein Gesicht und öffne vorsichtig die Wohnzimmertür, meine Seelentür halte ich geschlossen.

Stille Nacht, heilige Nacht.

Wieder draußen an den Parkseen.

Mi den vertrauten Wegen unter den Schuhsohlen gehen meine Gedanken zurück durch dieses Jahr, das so furchtbar anders war als alle bisherigen. Es ist an der Zeit, Bilanz zu ziehen, eine vorläufige.

Sogleich spüre ich diesen vertrauten, empordrängenden Schwall Tränen, dem ich sogleich ein Stoppschild entgegenhalte: Tränen verboten! Ich schlucke, atme mehrere Male tief durch. Geschafft. Etwas habe ich also im Laufe des Jahres doch gelernt.

Immer öfter bleibe ich Siegerin im Kampf gegen Tränen. Sie sollen mich nicht mehr beherrschen. Ich werde ihnen Zeit und Ort zuweisen, an denen sie ihren Auftritt haben dürfen. Ich allein.

Zum Beispiel oben an dem Stein, an dem wir deinen Geburtstag gefeiert haben, ich werde ihn Geburtstagsstein nennen. Oder auf dem Kummerberg mit dem Blick hinüber zum Schwarzwald. Oder in der Wohnung. Und damit ist es genug. Solche Plätze sollen mir helfen, die Verbundenheit mit dir aufrechtzuerhalten, nachdem das äußere Band zerrissen ist. Ich glaube daran, dass solche Orte etwas Magisches haben und mir helfen werden, das innere niemals reißen zu lassen.

Wie unheimliche Boten aus der Unterwelt hockt ein Schwarm Kormorane, in den Jahren zuvor nur selten gesehene Gäste hier am See, oben im

Geäst eines Baumes und lässt seine ausgebreiteten Flügel von der Sonne trocknen.

Bald habe ich das Bärenschlössle erreicht und sitze mit einem Pott Kaffee an meinem Lieblingsplatz. Hier fühle ich mich wohl, fast wie zu Hause. Hier kennt man mich, und ich kenne fast jeden Baum und Busch um das Gebäude herum. Das schafft innere Sicherheit. Vom See herauf glitzert silbernes Wasser zwischen den Baumstämmen, ein Schwarm Enten fliegt mit Geschrei vorüber.

Meisen und Rotkehlchen haben sich an die Menschen gewöhnt, hüpfen auf die Tische und betteln um Brotkrumen. Immer hast du ihnen einige Krümel hingelegt, was sie sich mit einem schnellen Hüpfer holten. Du hast die kleinen Vögel nie vertrieben, wie die meisten Besucher das tun. Es war wie mit den Schnecken auf den Waldwegen.

Komm nur her, dieser Krümel ist für dich. Butter magst du auch. Gut, ich tue dir ein bisschen darauf.

Sogleich schwirrte eine ganze Meisenschar um uns herum.
Doch schwierig ist es immer noch für mich, ganz allein ein „gehobenes" Restaurant zu betreten. Dann werde ich unsicher, fühle mich kritisch beäugt wie ein Mannequin auf dem Laufsteg.

Aber die Anwesenden interessieren sich überhaupt nicht für dich, das denkst du nur. Blicke auf Eintretende geschehen automatisch, die Gäste werden sich sogleich wieder abwenden, und überhaupt, du bist ein freier Mensch. Die, die du sein willst als ältere Alleinstehende, mit welchem Rollenbild du dich identifizieren willst, ist ganz allein deine Sache.
Ich werde weiter üben, versprochen.

Es wird Zeit, dass ich mich auf den Heimweg mache, jetzt im Winter wird es im Wald schnell dunkel und kühl, da bin ich wirklich nicht gerne draußen. Vielleicht sollte ich mal in den Süden fliegen, was meinst du?

Dabei ist das Reisen immer noch ein Problem. Für mich heißt es: Entweder ich gehe allein oder gar nicht. Viele Frauen reisen mit einer Freundin. Alleinstehende Freundinnen habe ich auch, aber sie sind nicht mehr mobil. Andere sind verheiratet. Beide Gruppen kommen nicht infrage. Ob ich die ideale Reiseform für mich noch finde? Ich werde auch daran weiterarbeiten.

Ich habe gelesen, dass 62% der Singles mit ihrem partnerlosen Leben glücklich, zumindest zufrieden sind. Für die meisten verheirateten und fest verpartnerten Menschen, besonders Frauen, scheint das ein Mythos zu sein. Tradierte Rollenbilder beherrschen die Szene, das „single-woman-shaming" ist auch heute noch weit verbreitet. Warum fühle ich mich denn oft unwohl, wenn ich den Schutzraum meiner Wohnung verlasse und den öffentlichen Raum, zum Beispiel ein Lokal betrete, warum bleiben denn so viele ältere, alleinstehende Frauen lieber zu Hause als auszugehen? Das soziale Stigma des Alleinlebens im höheren Alter drückt wie ein Stein auf unsere Brust. Die drei Stempel, „traurig, einsam, unerfüllt", von der Gesellschaft auf unsere Stirn gedrückt, leuchten wie ein Transparent. Aber ich sage dir: Eines Tages werden sie verblasst sein, gute Ansätze dazu sind heute überall in Politik und Gesellschaft zu sehen.

Anderes ist aber auch klar: Es gibt keine Konflikte innerhalb meiner Wohnung, nichts, was ich mit einem Partner ausdiskutieren müsste: Was muss eingekauft werden, wer nimmt den Müll mit runter, was machen wir am Wochenende, wohin soll die nächste Reise gehen. Ich diskutiere mit mir allein, überlege, wäge Vor-und Nachteile ab. Das spielt sich in meinem Kopf ab, nicht, dass ich laut vor mich hin rede, das wäre ja noch schöner. Beim Spazierengehen, in schlaflosen Nächten, beim Kaffee trinken werden Entscheidungen gefällt – ohne Diskussionen. Es geht einfacher und schneller, aber besser?

Man redet von der „späten Freiheit", davon, dass die Gesellschaft zwar immer älter wird, sich viele Ältere aber immer jünger fühlen, laut Umfragen bis zu zehn Jahre jünger, dazu körperlich und geistig oft fitter als in jungen Jahren. Da sollte ich mit meinem eigenen Allgemeinzustand auch zufrieden sein, denn für so manche Freundin gilt das nicht.

Würdest du sagen, dass ich mich verändert habe? So steht es jedenfalls in klugen Büchern: Der furchtbare Verlust gäbe der oder dem Zurückbleibenden die Möglichkeit, sich zu verändern. Findest du mich verändert?
Ich finde schon. Wenn ich mir das recht überlege, sind fast alle Aktivitäten neu in deinem Leben, was allerdings nur äußerliche Veränderungen sind; du hast schon einigermaßen gelernt, dich auf fremde Menschen einzulassen, zumindest teilweise; und auch, das Alleinsein zu ertragen, manchmal sogar zu genießen.
Zur Veränderung gehört auch eine größere Autonomie, an der musst du noch arbeiten, denn je unabhängiger du dich fühlst, desto kleiner wird die Angst vorm „Eigenständig-in-der-Welt-stehen" werden.

Dass ich mich viel zu schnell aufrege, wenn Unvorhergesehenes auf mich zukommt, ist leider immer noch so. Da hilft auch nicht, oder noch nicht, die Ermahnung meines Sohnes: „Jetzt rege dich doch nicht so auf."
Dass Tränen noch immer viel zu locker sitzen, wenn mich ein Gedanke „an uns" anspringt wie ein Tiger aus dem Hinterhalt, wenn ich im Fernsehen eine Gegend oder einen Ort sehe, wo wir zusammen waren, weiß ich auch. Ich möchte dir zurufen „Schau mal, da!", und gemeinsame Erinnerungen aufwärmen. Doch Ausrufe würden im Nichts verhallen, die Einschränkungen können quälend sein. Noch so ein Übungsfeld.

Welche Note würde ich also von dir bekommen?
Keine.
Auch gut.

Dann ist auch Weihnachten vorbei.

Dein erster Todestag steht nun vor mir wie eine letzte Mauer, drei Tage, bevor das neue Jahr beginnt. Ich habe Angst davor, wie soll ich ihn nur bestehen?

Hilfe naht von meinen Kindern. Sie holen mich zu Hause ab, wir gehen am Abend gemeinsam auf den Friedhof. Die Dämmerung schafft dort eine besondere Atmosphäre. Schnell wird es immer dunkler. Nachts auf dem Friedhof, das war ich noch nie. Bäume stehen wie Gräber bewachende Riesen, die Lichter des Dorfes blitzen zwischen ihnen auf, über allem spannt sich ein blinkender Sternenhimmel. Grabsteine erwarten uns wie kauernde, stumme Wesen, rot flackernder Kerzenschein auf vielen Gräbern sendet ambivalente Botschaften aus: Hier ist unser Reich, das Reich der Toten und der Wesen aus dem Jenseits. Stört uns nicht. Aber ich fühle mich auch getröstet, nicht nur durch die Nähe meiner Lieben, die mit mir am Grab stehen; sondern auch durch das Gefühl, dass du mit uns bist. Mein Herz wird ganz warm. Und trotzdem: Gut ist, dass man im Dunkeln die Tränen nicht sehen kann.

Wir kehren in einer Pizzeria ein. Da sind Licht und Wärme, Essen und Trinken.

Alles wird gut.

Und nun noch den Jahreswechsel ertragen, dann ist das Jahr geschafft.

Um die Stunden des letzten Tages im Jahr zu verkürzen, beschließe ich, in ein Kirchenkonzert zu gehen, von dem ich zufällig gelesen habe. Die Entfernung zum Veranstaltungsort ist erträglich, das Wetter auch. Also mache ich mich auf den Weg. Die Bänke in der kleinen Dorfkirche sind gut besetzt mit vorwiegend älteren Leuten, von denen sicher auch manche mit traurigen Gefühlen kämpfen. Nein, ich bin bestimmt nicht die einzige Kummerbeladene. Die Stimmung zwischen altem Mauerwerk, historischen Gemälden und feierlichen Statuen, beleuchtet von flackernden Kerzen, ist warm und friedvoll, Trompeten, Geigen und Flöten schaffen eine festliche Atmosphäre, streicheln meine Seele und lassen die Zeit ohne Tränen vergehen. Die kleine Gemeinschaft der Andächtigen tut mir gut.

Dann noch eine einsame Autofahrt durch die dunkle Nacht, wohl wissend, dass hinter den hell erleuchteten Fenstern die Sektgläser klingen, dass fröhliche Menschen anstoßen, sich ein gutes neues Jahr wünschen, tanzen und lachen. Ich kann es aushalten.

Dass in meinem näheren Bekanntenkreis auch Kummer und Krankheit im Leben sind, und das nicht zu knapp, habe ich im Laufe des Jahres miterlebt; ich frage mich, warum ich das früher nur mehr am Rande mitbekommen habe.

Haben wir als Paar wie in einem Kokon gelebt?
Es sieht so aus, zumindest streckenweise. Das sollten wir noch einmal ausdiskutieren. Könnte für dich zu einem guten Vorsatz fürs neue Jahr werden, sich noch mehr um kranke und einsame Freundinnen zu kümmern.

Dann bin ich wieder zu Hause. Silvester allein, zum zweiten Mal.
Was soll ich mir für das zweite Jahr ohne dich wünschen?
Dass sich meine Gegenwart mit Wanderfreunden, Line Dancern und Literaturfreunden weiter verfestigt, dass das Gefühl des Verlustes um weitere Prozentpunkte leichter zu ertragen sein wird? Aber wird diese Erleichterung nicht damit erkauft, dass die Lebendigkeit der Erinnerung weiter abnimmt? Meine Vergangenheit bist doch du, und ich habe Sorge, dass der Spagat zwischen Erinnern an das, was war, und dem Leben, das heute ist, immer größer wird. Dass Beides zu einem runden Ganzen wird, auch daran muss ich noch arbeiten.

Das bitterste Jahr meines Lebens geht zu Ende.
Wieder stehe ich am Silvesterabend am Fenster, ein Sektglas in der Hand, nasse Augen. Nein, noch kann ich die Tränen nicht verhindern, die musst du mir schon zugestehen, der Schmerz braucht ein Ventil.

Wieder beobachte ich die hochschießenden Raketen und den niederge-
henden Sterneregen von meinem Logenplatz im fünften Stock, Hand in
Hand mit dir.
Allein, und doch nicht allein.

Nachwort

Nie, nie hätte ich mir vor vier Jahren träumen lassen, dass ich einmal da stehen werde, wo ich heute bin.

Mein neues Leben hatte im Laufe dieser Zeitspanne Alltagsformat bekommen. Rituale des täglichen Lebens zimmerten einen soliden Rahmen um Tag und Nacht, um Wochen und Monate, fremde Gesichter wurden zu vertrauten. Ich war mit mir und meiner neuen Welt ganz zufrieden. Und dann das.

Ein heimtückisches Virus breitete sich aus und sorgte dafür, dass nach und nach alle Veranstaltungen, an denen ich so gerne teilnahm, abgesagt wurden; mein Terminkalender glänzte in diesem Jahr wieder mit lauter leeren Seiten. Stand ich da nicht schon einmal?

Ich stemme mich mit aller Macht dagegen, dass Erinnerungen an die Jahre davor diese Leerräume überschwemmen wie aufkommende Flut.

Gewiss, es gibt zahlreiche Gelegenheiten und Ereignisse, die wieder Tränen fließen lassen und diese vier Jahre meines neuen Lebens auf einen Wimpernschlag zusammenpressen.

Ein Bericht in der Zeitung oder eine Sendung im Fernsehen katapultieren die Vergangenheit in die Gegenwart und drohen mich aus den mühsam angelegten Schienen zu werfen. Doch ich habe weitgehend gelernt, mich wieder zur Ordnung zu rufen und traurige Momente zu bewältigen.

Schaffen kann ich das durch die Erinnerung an viele Tage erfüllten, glücklichen Lebens mit dir.

Danken möchte ich Katrin, Hildegard und Hans; sie standen mir mit sorgfältigem Lesen des Manuskripts und guten Ratschlägen beim Schreiben zur Seite.

Danken möchte ich meinem Sohn Martin, der mit seinem Sachverstand die technischen Probleme beim Erstellen des Buches gelöst hat.

Danken möchte ich allen Freundinnen und Freunden, die mir beim Bewältigen dieser schweren Zeit zur Seite gestanden haben und das auch weiterhin tun.

FSC
www.fsc.org
MIX
Papier | Fördert
gute Waldnutzung
FSC® C083411

Zeitfracht Medien GmbH
Ferdinand-Jühlke-Straße 7
99095 Erfurt, Deutschland
produktsicherheit@kolibri360.de